Simone Dark, Jahrgang 1982, ist in der Nähe von Freiburg aufgewachsen, studierte Italienisch und Französisch im Raum Mainz. Seit 2008 lebt sie in Südtirol. „Die Young" ist die Fortsetzung von „Die Rache der Schmetterlinge", „Offene Rechnungen" und „Das zweite Leben".

Simone Dark

Die Young

Roman

BoD – Books on Demand, Norderstedt

Bibliografische Information der Deutschen Nationalbibliothek. Die Deutsche Nationalbibliothek verzeichnet diese Publikation in der Deutschen Nationalbibliographie, detaillierte bibliografische Daten sind im Internet über http://dnb.dnb.de abrufbar.

©2015 Simone Dark

Herstellung und Verlag:

BoD – Books on Demand, Norderstedt

Cover (Idee und Design): Christian Kranauer

Bild (Tatoo): Beatrice Mattei

ISBN: 9 783 738 629 026

Simone Dark

—

Die Young

Die Handlung und alle handelnden Personen sind frei erfunden. Jegliche Ähnlichkeit mit lebenden oder realen Personen ist rein zufällig.

Nora

Wenn Mama das Piercing sieht, wird sie mich umbringen. Die schwarzen Haare werden ihr wohl auch kaum gefallen. Aber von wegen Haare färben braucht sie mir nichts vorzuschreiben, sie rennt ja selbst ständig zum Friseur. Außerdem hat sie mir vor Kurzem erzählt, dass sie mit dreißig darauf kam, sich bunte Extensions in die Haare kleben zu lassen. Eigentlich cool. Schade, dass ich damals noch zu klein war und mich nicht an diese lila Strähnen erinnern kann.

Ich habe letzte Nacht eine Entscheidung getroffen. Du wirst mir sagen, ‚Du bist doch erst siebzehn, was willst du denn schon entschieden haben, dafür bist du doch viel zu jung!'. Doch ich bin mir sicher, ich muss es durchziehen. Ich muss abhauen, ich kann nicht daheim bleiben. Wir streiten nur noch. Entweder ich streite mit Alan, dieser kleinen zwölfjährigen Nervensäge, oder ich streite mit Mama oder mit Papa. Ich hasse es vor allem, mit Papa zu streiten. Bei Mama schaffe ich es ja gerade noch, mich zu wehren, aber bei Papa krieg ich gleich Heulanfälle, vielleicht weil er dabei immer so ruhig und überlegen bleibt. Es ist wirklich abgefuckt, ein Teenager zu sein. Alle stressen einen, man soll gute Noten heimbringen, sich benehmen, nicht abends ausgehen. Scheiße, meine gesamte Clique geht jedes Wochenende aus und ich soll zuhause sitzen und Hausaufgaben machen. Ok, ich bin nicht super in der Schule, aber so schlecht läuft es doch auch nicht. Außerdem will ich nicht als eine verdammte Streberin gelten. Da ist man bei allen unten durch und das Mobbing ist vorprogrammiert.

Außerdem will ich zu David. Ich halte es nicht aus ohne ihn. Seit er studiert, sehen wir uns nur noch alle paar Monate. Ich sterbe vor Sehnsucht.

Nadine ist zu Hause, sie packt. Heute Nacht, wenn alle schlafen, wird sie sich genauso wie ich rausschleichen und wir treffen uns am Bahnhof. Mir ist ganz schlecht vor Angst und Aufregung. Nur gut, dass im Moment niemand zu Hause ist. Heute Nachmittag hätte ich Sport, ich hab gesagt, ich hätte meine Tage und dass ich heimgehen würde. Ich bin stattdessen zum Supermarkt gerannt, habe mir schnell die schwarze Farbe für die Haare gekauft, dann habe ich mir das Piercing stechen lassen, anschließend bin ich zu Nadine gefahren und wir haben uns die Haare gefärbt. Es war eine ziemliche Sauerei, aber das Ergebnis ist einfach geil. Das Piercing tut weh, aber der

Typ der es mir gestochen hat, meinte, das dauere nur ein paar Tage. Meine Nase fühlt sich riesig geschwollen an.

Ich brauche nicht viel. Ich brauche nur Geld. Ein bisschen Wäsche und Schminke. Meinen Ipod und harte Musik. Den Rest kaufe ich mir, oder besser, ich klaue ihn. Übung habe ich ja inzwischen und erwischt haben sie mich nie. Das einzige was man beachten muss, immer weite Klamotten mit tiefen Taschen anzuhaben. Sollte ich vielleicht die Haushaltskasse plündern? Sie werden schon nicht draufkommen, und wenn, dann bin ich schon längst über alle Berge. Meine Vorräte sollte ich auch mitnehmen. Viel Mary habe ich nie daheim herumliegen, ich hab immer Angst, sie könnten das Zeug riechen, und das wäre Trouble pur. Ich verstehe die Erwachsenen nicht. Sie waren doch selbst mal jung. Papa hat sein halbes

Leben als Schlagzeuger einer Deathmetalband verbracht. Hatte Haare bis zum Hintern, hat gesoffen wie ein Loch, geraucht wie ein Schlot, stand zeitweise völlig neben sich. Jedenfalls hat er das behauptet. Die wildesten Geschichten hat er mir von sich erzählt. Wieso soll ich dann das liebe Töchterchen spielen? Und Mama? Soweit ich weiß, hat sie mit mehr Jungs geschlafen als sie Finger an den Händen hat. Sie war mit ihrer Freundin auf einem Rave und wer weiß, ob sie zu dem Typen, der ihr Ecstasy angeboten hat, wirklich Nein gesagt hat! Sie ist mit einem Mädchen im Bett gelandet und Papa hat eine Tussi abgeschleppt, von der er heute nicht weiß, wie sie heißt und was genau in dieser Nacht vorgefallen ist. Meine Mutter ist einer Band hinterher gereist, hat den Groupie gespielt, war verheiratet, hat ihren damaligen Mann mit Papa betrogen und ist dann mit ihm durchgebrannt. Mit Anfang dreißig hat sie sich in ein neues Leben gestürzt. So wie ich mich jetzt in ein neues Leben stürzen werde. Heute Nacht um 23:39 Uhr geht es los. Fuck it all, Wien, wir kommen. David, bald bin ich bei dir.

Scheiße, irgendjemand ist heimgekommen. Mama wahrscheinlich, mit Alan im Schlepptau. Ok, ich muss mich zusammennehmen, sonst knallt es gleich wieder. „Nora?", ruft sie. „Komme gleich!", antworte ich. Ich gehe einfach auf Konfrontation.

„Mein Gott, wie siehst du denn aus?" Ich grinse ihr ins erschrockene Gesicht. „Und was hast du da an der Nase?" Ich weiß nicht, ob sie es gut findet oder ob sie gleich explodieren wird. Ich lenke sie ab, indem ich ihr von der Schule und der neuen Lehrerin erzähle. Es hilft nicht. „Wo hast du das Piercing stechen lassen? Das darf man erst ab achtzehn! Red' schon!" Ich schüttle den Kopf. „Es ist nur ein Nasenpiercing! Außerdem ist es meine Nase! Und mein Leben!" „Du hättest wenigstens fragen können!" „Was soll ich denn noch fragen? Ihr sagt doch sowieso zu allem Nein! Nora tu dies nicht, Nora tu das nicht, mein Gott, ich bin doch kein Baby mehr!" Mamas grüne Augen blitzen vor Wut. Sie atmet tief ein und aus, dann brummelt sie, es sei inzwischen eh zu spät und verschwindet in der Küche. Ich werde einen Moment lang traurig und dann glücklich, weil ich das Theater ab heute Nacht nicht mehr mitmachen muss. Wer weiß, vielleicht sind sie ja ohne mich glücklicher.

Kurz darauf ist auch Papa zur Stelle. Ich bin so tierisch nervös wegen heute Nacht, aber ich darf mir nichts anmerken lassen. Ich bleibe in meinem Zimmer, lege mich aufs Bett und ziehe die Kopfhörer auf. Ich brauche Musik, muss mich beruhigen. Ich höre laute Stimmen aus dem Wohnzimmer, wenige Minuten später klopft es an der Tür. Muss das sein? Jetzt gibt es die nächste Standpauke, aber vielleicht auch die letzte. Was heißt vielleicht, es *ist* die letzte! Ich sage leise ‚Herein.' Papa steht in der Tür, die Arme verschränkt und grinst mich an. „Deine Nase, haha, sehr witzig. Schade nur, dass sie jetzt ein drittes Loch hat!" Ich muss lächeln. „Ich find's cool." „Geschmacksache. Nora, wieso redest du nicht mit uns bevor du zum Vamp wirst, dir die Haare färbst und dir die Nasenflügel piercen lässt?" Und schon hat er mich wieder so weit. Mein

Kinn zittert, ich bin kurz davor, zu weinen. Jetzt kommt er auch noch rein und setzt sich auf mein Bett. Ich hasse es, wenn er das macht. Viel zu viel Nähe, und die Nähe zu ihm macht mich weich. Doch dieses Mal werde ich nicht nachgeben. Ich bin eine Rebellin und Rebellinnen weinen nicht, wenn Papa sich aufs Bett setzt. „Wie war's in der Schule?", fragt er und lächelt milde. „Ganz ok.", sage ich. „Deine Lehrerin hat angerufen, dass du nicht beim Sport warst. Sie sagte, du hättest deine Regel. Diese Regel dauert nun schon seit zwei Wochen, vielleicht solltest du mal zum Frauenarzt gehen, Mama bringt dich bestimmt gerne morgen hin. Sie hat dir schon einen Termin gemacht." Mann, bin ich dumm. Ich werde rot. „Es geht schon besser, danke." Ich weiß, dass er blufft. Aber diese Schlampe von Sportlehrerin ist wirklich das Letzte.

Gut, dass ich sie ab morgen auch nicht mehr ertragen muss. „Kommst du? Wir essen gleich." Ich nicke, Papa steht auf und schließt die Tür hinter sich.

Ich schweige beim Abendessen. Keine Diskussion mehr wegen dem Piercing, den gefärbten Haaren und der geschwänzten Sportstunde. Neben meinem Teller finde ich einen Umschlag. Ich mache ihn auf, es ist eine Entschuldigung für heute Nachmittag. „Das ist das letzte Mal, dass ich dir eine schreibe." sagt Mama. Wie recht sie doch hat. Ich murmle danke. Sie kann sie gerne behalten, ich brauche sie nicht mehr. Nie wieder Sportunterricht, nie wieder Entschuldigungen.

„Wir gehen heute Abend ins Kino, aber wir sind so gegen elf wieder da." sagt Papa. Ich kann mein Glück kaum fassen. „Darf ich eine Dvd schauen?" fragt Alan. „Klar, bringst du ihn bitte um zehn ins Bett, Nora?" Ich nicke artig. „Kein Ding." Logisch bring ich ihn ins Bett, ich singe ihm auch ein letztes Schlafliedchen. Alles, was er will, Hauptsache, er pennt um elf und ich kann mich in aller Ruhe aus dem Staub machen.

Gerade mal eine Stunde später sind Mama und Papa weg. Ich höre den Motor starten, sehe ihrem Auto nach, werde einen Moment lang melancholisch. Vielleicht werde ich sie vermissen. Vielleicht werden sie mich vermissen.

Simone

„Was ist bloß mit ihr los?" frage ich, als wir im Auto sitzen. „Sie ist siebzehn, das ist ein Scheißalter. Da ist man hin- und hergerissen. Kein Kind mehr, aber auch noch nicht erwachsen. Das wird schon wieder." Chris tätschelt mein Knie. Ich sehe aus dem Fenster, es wird langsam dunkel. Ich nehme seine Hand. „Wann fängt der Film an?" „Um halb neun... Wir haben noch Zeit, was trinken zu gehen, magst du?" Ich nicke, „Gerne. Im Zentrum?" „Ja klar, dann haben wir es nicht weit zum Kino." Wir laufen durch die belebte Innenstadt, setzen uns in eine Bar und bestellen zu trinken. Meine Gedanken kreisen um Nora, ich kann nicht abschalten. „Sie war heute Nachmittag irgendwie anders, aber nicht wegen ihrer schwarzen Haare oder dem Piercing, sie war seltsam aufgewühlt, als ob irgendeine große Veränderung bevorstünde. Hat sie dir vielleicht noch was gesagt?" Chris schüttelt den Kopf. „Nein, sie hat nichts gesagt. Aber ich fand nicht, dass sie anders war. Sie ist in letzter Zeit oft so verschlossen. Du wirst schon sehen, das gibt sich wieder. Vielleicht hat sie sich wieder verliebt." „Wieso, sie ist doch mit David zusammen... Oder hab ich da was verpasst?" „Ja, aber David ist in Wien und kommt erst in den Semesterferien wieder. Vielleicht haben die beiden Schluss gemacht, wer weiß." Ich zucke mit den Schultern. „Keine Ahnung... Mir hat sie nichts dergleichen erzählt. Ich frag sie morgen." Ich kann mich gut daran erinnern, als ich in ihrem Alter war. Ich habe damals immer behauptet, die Pubertät sei das Alter, in dem die Eltern schwierig werden. Ich weiß es als Mutter ehrlich gesagt nicht, wer es schwerer hat: die Eltern oder die Kinder? Ich hoffe nur, Nora wird am Ende nicht so depressiv, wie ich es in diesem Alter war. Ich war ein trauriger Teenie und hab mich erst davon erholt, als ich etwa in ihrem Alter war. Gestritten habe ich mit meinen Eltern selten, dafür waren meine älteren Geschwister zuständig. Ich zog mich eher zurück, hörte traurige Musik dachte an den einen oder anderen Kerl, in den ich gerade verknallt war und der wie immer nichts von mir wissen wollte. Irgendwann hatte ich dann doch den ersten Freund und ab diesem Moment wurde es einfacher. Ich erfuhr langsam, worauf die Jungs standen und wurde immer koketter. Ich begann, mich besser zu kleiden und zu schminken, und schon standen sie Schlange. Meine armen Eltern lieferten mir täglich Listen ab, auf denen die Verehrer standen, die nach mir gefragt hatten. Ich genoss die Aufmerksamkeit und schenkte keinem von ihnen Befriedigung. Im Durchschnitt dauerten meine kleinen Beziehungen vier bis acht Wochen, dann wurde mir langweilig und, schwupps, hatte ich auch schon den nächsten am Haken. Dann irgendwann entdeckte ich den Sex. Ich war schon siebzehn beim ersten Mal, für heutige Verhältnisse eine richtige Spätzünderin. Es war ok, ich hatte das Glück, nicht wie meine beste Freundin im Vollrausch entjungfert zu werden. Mein damaliger Freund war ein Rowdy, aber zu mir war er meistens nett. Ihm folgten viele. In der Zeit zwischen meinem achtzehnten Geburtstag und dem dritten Jahr in der Uni habe ich es auf eine lange Liste von Abenteuern gebracht. Ich bin nicht gerade stolz auf meine Vergangenheit, und ich glaube, ich habe eine ganze Reihe von gebrochenen Herzen zurückgelassen. Das letzte Herz habe ich vor neunzehn Jahren gebrochen, als ich meinen damaligen Mann verlassen habe. Was war ich verwegen, was war ich verliebt. Nur leider nicht in ihn, sondern in den Mann, der nun vor mir sitzt und langsam aufsteht, um mich ins Kino zu entführen. Er lächelt.

Ich hake mich bei ihm unter, als wir durch die Fußgängerzone bis zum Kino laufen. Wir kaufen Eintrittskarten und betreten den kleinen Kinosaal. Ich liebe diesen Filmclub in der Innenstadt, er ist viel schöner als diese riesigen Kinokomplexe, in denen man erst Kilometer zurücklegen muss, bevor man das den richtigen Saal findet und dann von Halbstarken mit Popcorn beworfen wird. Er legt die Hand auf mein Knie, sie ist warm. Kurze Zeit später gehen die Lichter aus, ein paar Minuten Werbung, dann beginnt der Film. Spannende Romantik, ein umwerfender Soundtrack, seine Finger zappeln wie immer im Rhythmus der Musik. Ich mag seine kleinen Ticks, sie erinnern mich an die ersten Jahre, in denen ich ihn regelrecht angehimmelt habe. Er war alles für mich. Mein Freund, mein Geliebter, der Mann, mit dem ich den besten Sex meines Lebens hatte, der Drummer, der sanfte Kidnapper, der mich in ein neues Leben entführt hat. Die ganz große Liebe. Ich lehne meinen Kopf an seine Schulter, er dreht sich zu mir, küsst mich sanft. Ich knabbere an seinen Lippen, der Film ist mir nun fast egal, ich will nur die laute Musik und seine Küsse. Seine Hand streichelt sanft meine Wange und gibt mir den Rest. „Ich hab keinen Bock mehr auf den Film." flüstere ich ihm ins Ohr. „Nichts da, die

Tickets waren teuer." wispert er. Ich spiele beleidigt und ziehe mich zurück. Ich sehe, wie er grinst. Doch meine Rache ist süß, heute Nacht streike ich.

Zwei Stunden später verlassen wir das Kino. Ich gähne, es war ein langer Tag. Wir gehen zum Auto, fahren langsam durch die Straßen. Ich lasse das Fenster herunter, um die laue Frühlingsluft einzuatmen. Chris bremst ab, um ein junges Mädchen über die Straße zu lassen. Sie ist mit einem großen Rucksack bepackt und kommt mir irgendwie bekannt vor. „Sag mal, ist das nicht Nadine?" fragt er. „Mir kam sie auch bekannt vor… Fahr ihr mal nach." Wir warten einen Moment, sie läuft Richtung Bahnhof. „Nora hat gar nicht gesagt, dass sie wegfährt… Und sie hätte es uns bestimmt gesagt. Halt Abstand, sonst merkt sie was!" In sicherer Distanz folgen wir

Nadine. Sie rennt fast, ist sichtlich nervös. Tatsächlich ist der Bahnhof ihr Ziel. Wir halten an. „Ruf mich an wenn was ist. Ich suche nur einen Parkplatz, dann komme ich nach." Ich nicke, springe aus dem Auto und gehe ihr hinterher. Nadine geht in das Gebäude, stellt sich an die Schlange vor dem einzigen geöffneten Schalter. Ich verstecke mich an der Bar und beobachte sie. Sie ist dran, spricht kurz mit dem Mann hinter dem Glas und bezahlt. Dann nimmt sie ihre Fahrkarte entgegen, nein, sie hält zwei in der Hand. Dann nimmt sie ihr Telefon und tippt eine Nachricht. Als sie sich in meine Richtung dreht, verstecke ich mich hinter einer Zeitung. Sie sieht sich um. Genau wie ich wartet sie fünf Minuten, ohne dass etwas passiert. Immer wieder blickt sie auf ihr Handy, ihr enttäuschter Gesichtsausdruck spricht Bände.

Ich beobachte den Strom der Reisenden, der selbst um diese Uhrzeit nicht abbricht. Wo ist Chris bloß, er wollte doch nur parken! Hoffentlich ist da draußen nichts passiert, diese Gegend ist sogar tagsüber nicht gerade sicher. Dann sehe ich ihn in der Halle, doch er ist nicht allein. An seiner Hand hält er eine heulende Nora, ebenfalls mit einem großen Rucksack bepackt.

Nora

Mir fallen gar nicht genügend Schimpfworte ein. Fuck it all, fuck it all, fuck it all, ich wiederhole es wie ein Mantra. Wie konnten wir nur so dumm sein? Ich musste doch damit rechnen, dass sie nach dem Kino durch die Stadt fahren. Und Nadine ist die ganze Zeit vor ihrem Auto hergerannt und hat ihnen den Weg gewiesen. Verdammte scheiße. Sie hatte schon die Fahrkarten gekauft, es war alles perfekt geplant und wir waren so kurz davor, es zu schaffen. Die Freiheit war nur eine knappe Stunde entfernt. Zur Hölle, von den eigenen Eltern beim Abhauen erwischt. Als ich Papas Auto auf dem Parkplatz gesehen habe, wurde mir übel. Ich habe noch versucht, mich zu verstecken, doch er hatte mich bereits gesehen und ist mir hinterher gerannt. Ich hätte nicht gedacht, dass er so schnell ist.

Eine Verfolgungsjagd durch den Park. Irgendwann konnte ich nicht mehr und habe den Rucksack abgeworfen. Er hat einen Haken geschlagen, und dann hatte er mich am Jackenzipfel. Ich hab mich nicht losgerissen. Er hat mich natürlich zur Rede gestellt und ich habe angefangen zu flennen, dann hat er mich wie ein kleines Kind in den Arm genommen. Mein Gott wie peinlich, sogar die Penner sind von dieser Szene aufgewacht. Er hat nichts weiter gesagt, mir nur den Rucksack wieder aufgesetzt und ist mit mir ins Bahnhofsgebäude gegangen. Dort sah ich Mama, sie wartete an der Bar und keine zehn Meter von ihr entfernt stand Nadine mit dem Handy in der Hand.

Wir werden wortlos ins Auto verfrachtet, Papa hält vor Nadines Wohnung, wartet, bis sie in der Haustür verschwindet. Ihr Vater schaut aus dem Fenster, er ist knallrot vor Wut und winkt kurz unserem Auto hinterher. Ich will nicht wissen, was ihr heute Nacht blüht. Und ich will auch nicht wissen, was mir noch bevorsteht. Ich habe Schiss. Und ich bin so verdammt wütend. Auf meine Eltern, auf Nadine, auf mich selbst.

Wir sind zuhause, ich nehme wortlos meinen Rucksack und schließe die Autotür. Mama sieht mich mit dicken Augen an. Ich habe nicht gemerkt, dass sie geheult hat. Papas Ausdruck kann ich nicht deuten, aber ich glaube, er steht kurz vor einer Explosion. Ich streife seinen Blick. Seine Miene ist versteinert. Was verlangt er, dass ich mich entschuldige? Er kann mich mal. Ich werde es wieder versuchen. Wie und wann weiß ich nicht, aber viel Zeit lasse ich nicht verstreichen. Wer weiß, vielleicht komme ich ja eines Tages einfach nicht mehr von der Schule heim.

Sie lassen mich rein, ich gehe direkt auf mein Zimmer und schmeiße mich in Klamotten aufs Bett. Ich bin fertig. Ich will rauchen, oder noch besser, saufen. Den ganzen Frust einfach totsaufen. Das hilft, wenn auch nur für kurze Zeit. Was sagt David immer, kein Alkohol ist auch keine Lösung. Gott, er fehlt mir so sehr. Mein Herz tut richtig weh, wenn ich daran denke, dass wir uns morgen früh nicht wie verabredet sehen werden. Er wird mich dafür hassen. Es klopft, es ist Mama. Sie kommt herein, ohne meine Antwort abzuwarten. „Was hast du dir bloß gedacht, Nora? Das ist doch einfach Scheiße. Tu uns das bitte nie, nie wieder an. Uns nicht und dir nicht. Wo wolltest du überhaupt hin?" Ich antworte nicht, ich werde ihr sicher nicht verraten, was wir vorhatten. Sie streicht sich übers Gesicht. „Schlaf jetzt. Wir reden morgen. Übrigens, du kommst morgen nach der Schule direkt heim. Und Nadine kannst du in nächster Zeit knicken, genauso wie das Ausgehen am Wochenende." Ich will etwas erwidern, doch da ist sie schon aus dem Zimmer gegangen. Fick dich, Mama, denke ich und drehe mich um.

Simone

Ich bin sprachlos. Ich weiß ehrlich nicht weiter. Ich erkenne mein eigenes Kind nicht mehr wieder. Gut, dass sie pubertär und zickig ist, ist nichts Neues, aber abhauen? Geht's ihr denn hier so schlecht? Ich darf es nicht persönlich nehmen. Ich war in dem Alter ähnlich, nur hatte ich nicht den Mut, es durchzuziehen. Oder liegt es daran, dass David so weit weg ist? Sicher ist es für die beiden nicht einfach, sich nur alle paar Wochen zu sehen. Ich weiß, wie sehr einem die Liebe das Herz zerreißen kann. Ich gehe ins Wohnzimmer, Chris sitzt da und raucht, sieht mich mit seinen weisen braunen Augen an. „Was hat sie gesagt?" fragt er, als ich mich neben in fallen lasse. „Nicht viel. Sie war eingeschnappt. Sie wollte mir nicht verraten, wo sie hinfahren wollten. Was machen wir jetzt mit ihr? Wir können sie ja schlecht hier einsperren." Er legt den Kopf in die Hände. „Keine Ahnung. Ich hatte genauso wenig damit gerechnet, dass sie abhauen will. Wir können nur geduldig mit ihr sein. Ich weiß es ehrlich nicht. Vielleicht sollten wir mit David reden." „Ich werd mich in die Beziehung bestimmt nicht einmischen." erwidere ich. „Hast recht. Ich will nicht, dass er sie am Ende noch dazu gedrängt hat, abzuhauen. Da stehen zu viele Fettnäpfchen herum, in die wir reintreten können." Ich nicke. Ich bin ratlos. Bisher haben wir alles noch ziemlich gut hinbekommen, doch das ist zuviel. „Liegt es an uns?" Ich bin den Tränen nahe, Chris nimmt mich in den Arm, antwortet jedoch nicht.

„Es liegt nicht an euch." höre ich Nora flüstern. Sie steht unschlüssig in der Tür, blass, verheult, die schwarze Schminke umranden ihre angeschwollenen Augen. Ich will nicht wieder mit ihr streiten, also strecke ich ihr die Hand entgegen, sie nimmt sie und setzt sich vorsichtig auf das Sofa. „Warum wolltest du denn abhauen? Haben wir irgendwas getan, was dich wütend gemacht hat? Oder hast du Angst vor etwas? Oder ist was in der Schule?" Sie schüttelt den Kopf. „Ich will zu David. Ich vermisse ihn so sehr. Ich fühl mich so scheiße ohne ihn." Ich streichle ihr über den Rücken. „Ich versteh dich ja. Du weißt gar nicht, wie gut ich dich verstehe. Sehnsucht kann furchtbar wehtun. Aber wenn ihr euch liebt, dann haltet ihr es aus. Und wollte er nicht in zehn Tagen herkommen?" Sie zuckt mit den Schultern. „Zehn Tage klingt etwa so schön wie in einer Ewigkeit…" „Ach Mäuschen… Er hat dort auf dich gewartet, oder? Warum hast du uns denn nichts gesagt? Wir hätten das schon irgendwie geregelt." „Ihr hättet doch eh nein gesagt…" schnieft sie und wischt mit dem Ärmel ihres Sweatshirts die Tränen von der Wange und hinterlässt einen schwarzen Striemen. „Wer sind wir denn, die Neinsager-Familie?" wirft Chris ein, „Ich hör immer nur Nein sagen… Dabei hast du es nicht mal probiert." „Erzählt mir doch nicht, dass ihr mich hättet gehen lassen!" „Das nicht", antwortet er, „Aber er kann jederzeit herkommen und dich besuchen, auch am Wochenende und das weißt du!" Sie senkt den Kopf. „Ja ja, am Wochenende… Du hast ja keine Ahnung, wie schnell zwei Tage vorbeigehen können." Er sieht mich an, mit einem Blick, den ich nur zu gut kenne. „Doch", sagt er leise, „Ich weiß, wie schnell zwei Tage vergehen können. Wir wissen es beide."

Ich liege lange wach in dieser Nacht. Ich denke über meine eigene Jugend nach, über Nora, und was ihr im Leben noch bevorsteht. Einen Moment lang denke ich an meine Eltern, die ich vor ein paar Jahren kurz nacheinander verloren habe. Was sie mir wohl geraten hätten? Sie hätten gesagt, hör ihr zu, sprich mit ihr, auch wenn sie es nicht will. Hab Geduld, viel Geduld und lass dir trotzdem nicht auf der Nase herumtanzen. Sie hätten sicherlich so einige Ratschläge für mich bereitgehabt. Doch nun müssen wir uns auf unseren eigenen Menschenverstand verlassen. Ich suche seine Nähe, erst jetzt merke ich, dass auch er noch wach ist. „Woran denkst du?" frage ich in die Stille. „Ich denke, dass wir vielleicht ein bisschen lockerer mit ihr umgehen sollten. Ihr ein paar mehr Sachen erlauben, ihr nicht so viel verbieten.

Natürlich immer im Bereich des Möglichen und unter der Bedingung, dass sie in der Schule nicht nachlässt. Aber ich denke, sie braucht ein bisschen mehr Freiraum. Vielleicht fühlt sie sich dann zuhause auch wieder wohler und will nicht mehr fortlaufen." „Du hast recht, auch wenn das eine eher ungewöhnliche Erziehungsmethode ist. Du meinst also, sie gar nicht zu bestrafen?" flüstere ich. „Das war ein Hilfeschrei, sie braucht Hilfe, keine Strafe. Und wenn ihr ein bisschen mehr Spaß im Leben helfen kann, dann soll sie den haben. Es gibt natürlich Regeln, an die sie sich halten muss. Auch für uns gibt es Regeln." „Und an welche Art von Spaß hast du so gedacht?" „Vielleicht lassen wir sie mal auf ein Konzert gehen. Sie mag doch diese Band immer noch, oder?" „Jaja, Die Young ist immer noch angesagt. Also lassen wir sie gehen? Vielleicht könnten wir ihr das Ticket zum Geburtstag schenken, es sind ja nur noch sechs Wochen bis dahin." „Ok, das machen wir. Und David soll sie begleiten." „Stimmt, dann sparen wir uns den Krach und das Pfeifen in den Ohren." entgegne ich mit einem vorsichtigen Lachen. „Ich werd's dir gleich geben, von wegen Krach und Pfeifen... Wer wollte denn immer mit mir zu den Proben und auf Konzerte und mir rosa Tangas aufs Schlagzeug schmeißen?!" Er kneift mir in den Bauch, ich kringele mich zusammen, will mich vor der Kitzelattacke wehren. „Jaa, das war damals... Jetzt steh ich auf Kuschelrock, ich brauch kein Schwermetall mehr." „Na dann gibt's ab jetzt nur noch Kuscheln... Keine harten Sachen mehr in deiner Gegenwart. Das ist nichts für Frauen in deinem Alter." „Mein Alter? Hallo, ich bin erst fünfzig, längst nicht so steinalt wie du!" „Ja, aber ich brauch noch lang keinen Kuschelrock."

Nora

Ich konnte nicht schweigend in meinem Zimmer liegen. Sie haben mir plötzlich so leid getan. Deshalb bin ich aus dem Zimmer geschlichen und habe ihr Gespräch belauscht. Sie haben sich Vorwürfe gemacht, die echt unpassend waren. Ich wollte nicht gemein zu ihnen sein, das haben sie nicht verdient. Es geht mir ja nicht schlecht bei ihnen. Es ist einfach nur so verdammt anstrengend, einen auf glückliche Familie zu machen, wenn man selbst am Boden ist. Ich habe einfach keinen Bock mehr auf Schule, und wenn ich zu Hause sitze, fällt mir die Decke auf den Kopf. Alles engt mich ein, ich werde depressiv. Nur gut, dass sie nichts von dem Joint gemerkt haben. Ein Wunder eigentlich, dass sie das Zeug nicht an meinen Klamotten gerochen haben. Es tut so gut, Gras zu rauchen, es entspannt mich, und ich kann endlich wieder einigermaßen locker denken. Deshalb bin ich auch draufgekommen, nochmal zu ihnen zu gehen und mit ihnen zu reden. Es hat mich gewundert, dass sie so ruhig geblieben sind. Das hat alles einfacher gemacht. Ich sollte vielleicht jedes Mal ein paar Züge machen, bevor ich zu ihnen gehe. Einfach high sein für Gespräche mit den Eltern, ich werde es Nadine sagen, dann wird's bei ihr vielleicht auch besser. Nachdem wir geredet haben, habe ich David angerufen, er war erst enttäuscht, dann habe ich ihm gesagt, dass das nicht mein letzter Versuch war. Ich habe ihn gefragt, ob er am Wochenende kommt, er hat Ja gesagt. Am Freitagabend um neun ist er bei mir. Plötzlich, als ich seine Stimme gehört habe, wurde ich geil und habe ihm Telefonsex vorgeschlagen, aber er war selbst zu breit dafür. Es blieb bei endlosem Gelächter und Heißhunger auf Süßes.

Eine Stunde später, es war schon gegen halb zwei Nachts, haben wir dann aufgelegt. Dann habe ich mich aufs Bett gelegt und geheult. Meine Stimmung geht ständig hoch und runter. Ich könnte Purzelbäume schlagen wenn es mir gut geht, dann plötzlich sacke ich ab und habe fast Lust, meine Pulsadern aufzuschneiden. Ich habe Nadine eine Nachricht geschickt, um zu sehen ob sie den Elternsturm lebend überstanden hat. Sie hat nicht geantwortet, wahrscheinlich haben sie ihr Handy konfisziert, so fies wie ihr Alter manchmal ist. Da geht es mir hier wirklich besser.

*

Ich habe Kopfweh. Und schwindlig ist mir auch. Ich hab mich die ganze Nacht durch die Kissen gewühlt, konnte ums Verrecken nicht einschlafen. Dann bin ich doch eingenickt und habe davon geträumt, dass ich durch den Stadtpark gerannt bin. Doch nicht Papa hat mich aufgehalten, sondern irgendein dummer Penner. Dann wollte er mir an die Wäsche. Ich bin mit einem Schrei aufgewacht, war total verschwitzt und konnte dann nicht mehr schlafen. Ich habe noch ein wenig geraucht, doch das hat mir nur dieses blöde Kopfweh beschert. Mein Kopf fühlt sich an wie Watte und mein Zimmer dreht sich. Ich schließe die Augen, aber davon wird mir nur übel. Ich sollte es mit einem Kaffee probieren. Vielleicht geht es mir dann besser.

Die Familie sitzt schon beim Frühstück. Alan sieht mich ein wenig erschrocken an, wahrscheinlich sehe ich echt furchtbar aus. Papa rückt mir den Stuhl zurecht, schenkt mir Kaffee ein. Ich lächle vorsichtig. Erstmal die Stimmung abtasten. Ich traue dem Frieden nicht. Mama sieht mich an. „Hast du gut geschlafen?" Ich schüttle den Kopf. „Nicht wirklich." „Mmh. Hast du mit David telefoniert?" Ich nicke. „Und?" fragt Papa. „Kann er am Freitagabend kommen? Fürs Wochenende?" „Klar", antwortet er, „Jederzeit, wie gesagt." Ich beiße in ein Nutellabrot, der Zucker tut mir gut, ich merke, dass ich langsam wieder in die Gänge komme. „Nora, du hast doch in sechs Wochen Geburtstag.", sagt Mama. „Ich will nichts", entgegne ich sofort. „Jetzt lass mich doch mal ausreden. Wir wollen dir einen Abend mit David schenken. Wir dachten an das Konzert von den Die Young. Wenn du die noch magst." Ich schätze, meine Augen haben die Größe von zwei Teetassen. Oh. Mein. Gott. Ich darf zu dem Konzert und das mit David. Keine Eltern von Freundinnen, die uns von den hinteren Rängen aus beobachten und uns nach dem Konzert in ein Auto stecken um uns dann so schnell wie möglich nach Hause zu verfrachten. Das ist unsere Chance. Noch sechs Wochen, dann werde ich mit David in einer hundert Kilometer weit entfernten Stadt meine Lieblingsband sehen und dann mit ihm abhauen. Es ist perfekt. Ich muss nur sechs Wochen ohne größeren Stress aushalten. Ich muss ein Engel sein, darf sie keinesfalls wütend machen. Sie dürfen es sich nicht anders überlegen. Ich stehe auf, umarme erst Mama, dann Papa. Dann packe ich meinen Schulkrempel und verabschiede mich. Sechs Wochen, dann wird alles gut. Sechs Wochen bis zur Volljährigkeit. Sechs Wochen bis zur Freiheit.

Simone

Es scheinen ruhigere Zeiten anzubrechen. Nora hat ihren ersten und hoffentlich letzten Fluchtversuch verdaut und ist wie ausgewechselt. Sie erscheint pünktlich nach der Schule zuhause, Nadine hat sie zweimal hier besucht, doch sie blieben immer in ihrem Zimmer und ich konnte die beiden stundenlang fröhlich kichern hören. David kam am letzten Wochenende zu Besuch, er schien erwachsener als zuvor, sagte sogar, er habe Spaß am Studium und Wien gefalle ihm gut. Klar gab es Tränen, als die beiden sich verabschiedeten, doch anschließend war Nora nicht zickig wie sonst immer, sondern redete mit mir über ihre Gefühle. So kenne ich sie gar nicht, doch ich freue mich über ihr neues Vertrauen. Vielleicht haben unsere unkonventionellen Erziehungsmethoden ja doch Früchte getragen. Alan ist ruhig, hat zwar immer irgendwelche Streiche auf Lager, doch er macht keine Schwierigkeiten, weder in der Schule, noch zuhause. Er trifft sich nachmittags mit Paul, seinem besten Freund, und meistens bolzen sie bis zum Abendessen auf dem Parkplatz oder spielen Computerspiele.

Ich sehe aus dem Fenster, in ein paar Minuten sollte Chris von der Arbeit zurückkommen. Er ist müde in letzter Zeit, ich sehe es ihm an. Er redet nicht viel, ist oft in Gedanken versunken und zieht sich ein wenig zurück. Vielleicht sollte ich ihm vorschlagen, bei der Arbeit ein wenig zurückzutreten, ein paar Aufgaben an die Jüngeren abzugeben. Ich will nicht behaupten, er sei alt, Anfang sechzig ist heute kein Alter mehr. Doch ich denke, es täte ihm gut, ein bisschen weniger um die

Ohren zu haben. Vielleicht liegt es aber auch gar nicht an der Arbeit, vielleicht macht er sich nur Sorgen um Nora, ich weiß es nicht. Ich werde es ansprechen.

Minuten später beobachte ich, wie er sein Auto parkt. Kurz darauf steht er in der Wohnung, wir begrüßen uns mit einem Kuss. Ein paar Minuten lang stehen wir umarmt im Korridor. „Alles ok bei dir? Wie war's bei der Arbeit?" frage ich ihn. „Das Übliche, eigentlich war alles ruhig. Schatz, Marco hat mich angerufen. Sie wollen ein Revivalkonzert machen und haben gefragt, ob ich spielen kann. Hast du Lust mitzukommen?" Ich sehe in zwei leuchtende Augen. Wie sehr mir dieser Eifer gefehlt hat. „Ja klar hab ich Lust, wann und wo?" „Genau an dem Abend an dem Nora auch auf dem Konzert ist. Aber das ist sicher kein Problem. David wird sie bestimmt hierher bringen, ich denke, wir können den beiden vertrauen, oder?" Ich nicke. „Ja, ich denke auch. Aber wo spielt ihr denn?" „Das ist es ja, wir sind draußen in Österreich. Das heißt wir müssten uns mindestens zwei Tage dafür nehmen." „Und was machen wir mit Alan?" Ich bin skeptisch. Wir haben ihn nie länger als einen Abend allein gelassen. „Vielleicht kann er bei Paul bleiben. Er ist ja auch kein kleines Kind mehr." „Ok, schauen wir mal. Freust dich drauf?" Er strahlt mich an. „Ja und wie. Und ich freu mich vor allem, weil du mitkommst. Wir machen uns ein schönes Wochenende... Allerdings kann ich dir keinen Kuschelrock versprechen." „Ich nehme mir Ohrstöpsel mit, keine Angst. Musst mich dann halt zwei Tage lang anschreien, weil ich halb taub sein werde." Ich freue mich darauf, es wird sicherlich ein Superkonzert. Sie spielen in einer Bar, unplugged, kleines Publikum, Sitzplätze, das gefällt mir. Ihn spielen zu sehen, ist noch immer aufregend. Sein konzentriertes Gesicht und seine Leidenschaft für das Schlagzeug zu beobachten, verursacht bei mir Gänsehaut. Jedesmal wenn er aufsieht, blickt er mir direkt in die Augen, schneidet eine kleine Grimasse oder hebt die Augenbrauen, bis er dann hochkonzentriert weitertrommelt. Er führt die Band, sie folgen seinem Rhythmus, seine Solos jagen mir heiße Schauer über den Rücken und stillsitzen kann ich nicht mehr. Kurz, ich kann kaum genug von ihm bekommen. Solche Konzerte sollten die ganze Nacht dauern.

Nora

Mein Gott, das wird ja immer besser. Das Glück ist auf meiner Seite. Gerade eben haben Mama und Papa mir gesteckt, dass sie an dem Wochenende in zehn Tagen nicht zuhause sein werden. Papa gibt irgendwo in Österreich ein Konzert mit seiner alten Band, Alan wird wie immer bei solchen Gelegenheiten bei Paul schlafen und ich habe freie Bahn. Ich habe vor lauter Aufregung David angerufen, ich konnte mich gar nicht mehr einkriegen. Er selbst klang auch glücklich. Er sagte, die erste Zeit könne ich bei ihm im Studentenwohnheim pennen, danach müssten wir uns was anderes ausdenken. Es ist mir scheißegal wo ich wohnen werde, Hauptsache, ich bin bei ihm. Ich werde mir schon einen Job suchen, irgendwas findet man immer. Aber das sehen wir ja dann, wichtig ist jetzt, dass ich ohne Probleme flüchten kann, und das ist jetzt sicher. Ich muss nur irgendwie in diesen paar Tagen, die mir bleiben, an mehr Geld kommen. Mit meinen vierhundert Euro komme ich nicht weit. Naja, wenn sie erstmal weg sind, plündere ich die Haushaltskasse, dann habe ich schon zweihundert mehr in der Tasche.

Meine Strategie, auf braves Mädchen zu machen, funktioniert übrigens hervorragend. Es ist zwar anstrengend, aber das ist es wert. Wir haben seit über einem Monat nicht mehr gestritten und sie sind beide superentspannt. Papa und Mama reden irgendwie nur noch von dem bevorstehenden Konzert, sie scheinen richtig neu ineinander verliebt zu sein. Vor Kurzem habe ich gesehen, wie sie in der Küche standen und miteinander geknutscht haben. Kein sonderlich appetitlicher

Anblick, aber ich habe nichts gesagt und mich in mein Zimmer verkrochen.

Ich versuche, meine Flucht zu planen. Die Zugtickets hat David inzwischen gekauft. Scheiße, dass er kein Auto hat. Bisher konnte er sich immer eines ausleihen, doch dieses Mal hat keiner seiner Mitbewohner eines zur Verfügung. Er hatte nicht viel Bock, das Konzert von den Die Young zu besuchen, er meinte, da seien ja nur kreischende Weiber, aber am Ende konnte ich ihn dann doch überzeugen, mitzukommen. Er muss ja nicht mit in den Backstagebereich, habe ich ihm gesagt. Er meinte, er würde mich dort auch nicht hingehen lassen, er wolle mich schließlich nicht an einen der Typen verlieren. Ich fand es süß, dass er das gesagt hat, aber ich kann ihm nicht versprechen, mir nicht doch wenigstens ein Autogramm zu holen. So nah werde ich ihnen nie wieder sein.

Je näher mein Abschied von Zuhause kommt, desto euphorischer werde ich. Ich weiß nicht, wie sie reagieren werden, wenn ich einfach nicht mehr da sein werde, wenn sie heimkommen. Ich will ja nicht, dass sie vor Sorge sterben, vielleicht werde ich ihnen einen Brief hinterlassen, um sie zu beruhigen. Außerdem sollen sie bloß nicht auf die Idee kommen, mich abzuholen. Wenn sie das versuchen, muss ich den Kontakt zu ihnen abbrechen und wirklich das Weite suchen. Ich hoffe nur, dass sie klug genug sind, mich gehen zu lassen. Bei diesen Gedanken werde ich traurig. Doch es muss sein. Mein Platz ist bei David, nicht hier. Ich kann mich nicht mein Leben lang verstellen, um das Töchterchen zu sein, das sie gerne hätten. Ich bin kein rotblonder

Engel, ich bin eine schwarze Rebellin. Zu gerne hätte ich den Mädchennamen meiner Mutter, Dark. Nora Dark. Er würde viel besser zu mir passen als Amor. Amor klingt nach lieb und brav, und das bin ich nicht. Vielleicht lasse ich ja meinen Namen ändern sobald ich achtzehn bin. Eine coole Idee, warum bin ich da nicht früher drauf gekommen? Ich sollte es vielleicht schon früher versuchen, vielleicht kann ich ja meinen Ausweis fälschen lassen. Meine Güte, so viele Pläne, mir wird ganz schwindlig.

Nadine wird nicht mit auf das Konzert kommen, wir müssen diesmal getrennt abhauen. Sie muss überhaupt erst schauen, wie sie abends wieder aus dem Bau kommt, ihre Erzeuger sind seit jener Nacht total auf der Hut. Wochenlang hatte sie Hausarrest, dann durfte sie mich am Nachmittag wenigstens wieder besuchen. Wir haben uns in meinem Zimmer verschanzt und gefeiert. Dieses Mal haben wir nicht geraucht, es war besser. Sie hatte Koks dabei, oder so was ähnliches, weiß Gott, wie sie drangekommen ist. Sie wollte ihre Quelle nicht verraten. Es waren höchstens ein paar Milligramm, wir haben sie gesnifft, ich hab mich total dumm dabei angestellt und musste danach ungefähr zehn Mal niesen. Dann ging die Post ab. Wir waren dermaßen high, dass wir eine Stunde nicht aufgehört haben zu halluzinieren. Wir haben uns aufs Bett gelegt und miteinander geschmust. Es war der Wahnsinn, ich hatte sie vorher nie gestreichelt, höchstens mal ein Küsschen oder eine Umarmung. Doch sie hat mich mit offenem Mund auf die Lippen geküsst und mir ihre Zunge in den Mund gesteckt. Wir haben rumgemacht, ich hab ihre Brüste gestreichelt und sie überall angefasst. Es war ein seltsames Gefühl, sie zwischen den Beinen zu berühren bis sie laut japste, und endlich wusste ich, wie sich die Jungs dabei fühlen. Dann hat sie dasselbe bei mir getan und ich habe geschwitzt wie ab. Es war der Wahnsinn. Vielleicht lag es an den Drogen... Mit David ist mir das bisher nie passiert. Sie war auch viel zärtlicher und hat mich dabei ganz oft geküsst. Vielleicht bin ich am Ende ja lesbisch, wer weiß, jedenfalls denke ich seit dem Nachmittag abwechselnd an sie und David. Ich habe fast ein schlechtes Gewissen ihm gegenüber, aber ich kann nichts dagegen machen. Scheiße, sie fehlt mir echt. Und noch mehr wird sie mir fehlen, wenn ich erstmal weg bin. Aber bald sind wir ja wieder vereint. Und vielleicht kann ich sie ja beide haben...

Simone

Die Koffer sind gepackt, Alan ist versorgt, es kann losgehen. Nora und David sitzen bereits im Auto, wir bringen sie noch zum Bahnhof. Eine Stunde dauert die Bahnfahrt, dann haben sie noch zwei Stunden, um sich die Stadt anzuschauen und dann ist das Konzert. Sie nehmen den letzten Bus, um nach Hause zu kommen. Dann ruft sie uns an, egal, wie spät es wird.

Ich schmeiße die letzten Sachen in den Kofferraum, dann starten wir. Chris ist aufgedreht, scheint Jahre jünger zu sein, seine Vorfreude springt mich förmlich an. Ich freue mich für ihn, und ich freue mich darauf, seine alte Band wiederzusehen. Es ist Jahrzehnte her, dass er mich zu den Proben mitgenommen hat. Das waren perfekte, gestohlene Abende. Heimlich bin ich hinter dem Rücken meines Exmannes damals dorthin gegangen. Ich begleitete ihn und Sandra zu ihren Abendkursen mit der Ausrede, mit einer Freundin auszugehen. Kaum um die nächste Ecke verschwunden, begann der Sprint um drei Häuserecken bis zur Kurve, wo er schon im Auto wartete. Aus der Ferne hörte ich bereits, wie er den Motor startete und spurtete los, um ihn so schnell wie möglich zu erreichen, ohne dabei entdeckt zu werden. Völlig verschwitzt und mit Herzklopfen saß ich dann in seinem Auto. Die Bandproben waren diese riskanten Eskapaden wert, die Band war erst kurze Zeit zusammen, doch sie spielten, als hätten sie schon gemeinsame Jahrzehnte auf dem Buckel. Dann dieses riesige Schlagzeug, das er in Eigenarbeit minutiös restauriert hatte. Dunkelblau, ein paar kleine Kratzer gaben ihm die verdiente Patina, es war einfach der Wahnsinn, ihn daran spielen zu sehen. Ein dominantes Instrument mit Konzerterfahrung von den Touren mit Ivana Spagna und sein ganzer Stolz. Nicht nur die Drums, Toms und Becken blitzten, während er daran spielte, sondern auch seine Augen. Sicherlich dachte er beim Anblick und Klang all dieser Trommeln auch so manches Mal an das Abenteuer, die ganzen Teile für das Monstrum zusammenzubekommen. Wie oft hatten wir uns in den Mittagspausen getroffen, um gemeinsam die Einzelteile in sein Auto zu schleppen? Mein Fahrrad wurde zum Packesel umgewandelt und ab ging es schwerbeladen durch die Innenstadt! Die Blicke der Passanten waren uns sicher, als er ratternd eine Kiste über das Kopfsteinpflaster zog und ich mein graues, völlig überladenes Damenrad nebenher schob. Dann das Problem mit der Bestellung in England - ausgerechnet im eurofeindlichen United Kingdom musste er seine güldenen Becken kaufen und natürlich funktionierte die Bezahlung mit der Kreditkarte nicht. Daraufhin durfte ich ihm die Mails an den freundlichen Briten namens Rob übersetzen und konnte ihm zu guter Letzt mit meinem sterlingfähigen Bankkonto das Geld für die langersehnte letzten vier Becken überweisen. Wochen später stand das Schlagzeug, mit den Handabdrücken seines kleinen Sohns und seiner eigenen Tatze auf der Bassdrum. Und endlich durfte ich mitkommen, um es zu bewundern. Ich himmelte ihn von dem Sofa aus an, auf dem wir uns sonst liebten. Neben mir saß die Frau seines Bandkollegen, wir verständigten uns schreiend, schon nach dem ersten Abend kannte ich ihre halbe Lebensgeschichte. Mir war zum Tanzen zumute, ich konnte keine Minute stillsitzen, zappelte mit den Fingern, den Füßen. Es waren gute Zeiten, das Leben rockte, solange er nur bei mir war. Leider waren unsere gemeinsamen Minuten immer gezählt. Ich musste ständig die Uhr im Auge behalten, um bloß vor dem Gatten wieder zuhause zu sein. Alles sollte stinknormal aussehen. Ich durfte nicht nach Rockstarschweiß oder Zigaretten riechen, sollte möglichst entspannt auf dem Sofa auf ihn und unsere Bekannte warten. Das Pfeifen in den Ohren und die Erinnerungen an aufregende Momente musste ich ignorieren, dabei gefiel mir das Träumen in jenen Zeiten nur allzu sehr – was blieb mir zu jenem Zeitpunkt auch außer den Träumen?

*

Wir halten am Bahnhofsvorplatz. Ich steige aus, helfe den beiden, ihre Rucksäcke aus dem Kofferraum zu holen. Noras ist ungewöhnlich schwer. „Mein Gott, was hast du denn alles dabei?" frage ich sie, als ich mit ihrer Hilfe das Ungetüm aus dem Kofferraum wuchte. „Ich hab David ein paar Sachen abgenommen, die bei ihm nicht mehr reingepasst haben. Warte, ich mach das schon." „Ach so, verstehe. Also ihr beiden, passt auf euch auf, wir sehen uns dann morgen Abend zuhause wieder. Baut keinen Mist, Geld habt ihr genug, oder?" Chris steigt aus, um Nora zu umarmen. Ich stecke ihr fünfzig Euro zu, für Notfälle. „Danke Mama. Hab dich lieb." Plötzlich fällt sie mir um den Hals und drückt mich fester als je zuvor, ich erschrecke fast. „Hey, wir sehen uns ja morgen wieder. Viel Spaß, macht euch einen schönen Abend! Und morgen feiern wir dann Geburtstag, ok?" Nora hat feuchte Augen. Und das, weil wir eine Nacht wegbleiben? Oder ist sie einfach nur glücklich, mit David zusammen zu sein? Weiß Gott, was gerade in ihr vorgeht…

Sie winken uns noch zu, dann sehe ich sie im Rückspiegel mit ihren Rucksäcken im Bahnhofsgebäude verschwinden. „Alles ok?" fragt Chris, „Machst du dir Sorgen? Ich denke, das brauchst du nicht. Sie scheint vernünftig geworden zu sein." „Nein, es wird schon nichts schiefgehen. Es war nur gerade eben so komisch, dass sie mich so stürmisch umarmt hat. Das ist sonst gar nicht ihre Art. Aber vielleicht hatte sie nur so einen seltsamen Anfall von Liebe, soll ja manchmal vorkommen." „Mach dir keine Gedanken. Jetzt genieß das Wochenende. Freust dich auf das Konzert?" Ich lächle ihn an. „Und wie. Ich kann es echt kaum erwarten. Was spielt ihr denn alles?" „Darf ich dir nicht verraten, das wird eine Überraschung. Aber die meisten Lieder kennst du eh." „Erwartet ihr viel Publikum?" „Nee, das wird was Kleineres. Vielleicht so fünfzig Leute, mehr sicher nicht. So viele wie eben in die Bar reinpassen. Hauptsache, du sitzt mittendrin."

*

Eineinhalb Stunden später kommen wir in Österreich an, die Bar, in der der Gig steigen soll, ist bald gefunden. Die halbe Band samt Exfrauen und aktuellen Lebensabschnittsgefährten ist bereits vor Ort. Eine ziemlich bunte Mischung steht vor dem Hintereingang des Lokals, sortiert Kabel, Boxen, Verstärker, Instrumente, Mischpulte und steht sich gegenseitig auf den Füßen herum. Wir begrüßen uns, wundern uns, wie alt wir in diesen vielen Jahren geworden sind, in denen wir uns nicht mehr gesehen haben. Die Stimmung ist locker, diese groben Scherze gemischt mit allerlei nicht so gemeinten Schimpfworten und Flüchen hat mir fast gefehlt. Diese Musiker sind ein besonderer Menschenschlag, sie scheinen von einer anderen Welt zu kommen, in der es diesen ganzen Karrieremist und das Sich-übertrumpfen-wollen gar nicht gibt. Man ist wie man ist, sie akzeptieren sich gegenseitig und hat miteinander einfach eine Menge Spaß.

Sie bauen die Instrumente in der leeren Bar auf, ich versuche mir vorzustellen, wie es heute Abend sein wird, wenn erstmal das Publikum dabei ist. Noch hallen die Boxen ins Leere, zu viele Lichter sind an, kein Lied, das sie anfangen, passt wie es soll. Vermutlich der Generalprobeneffekt. Ich beobachte sie, sie sind nervös, obwohl sie versuchen, sie locker zu geben. Besser, ich verziehe mich ein wenig nach draußen, ich will nicht stören, der Moment ist zu wichtig für sie. Wieder auf dem Parkplatz stehen die Frauen herum, sie rauchen und ratschen. Ich stelle mich dazu, irgendwann hakt sich Eleonora bei mir unter und animiert mich dazu, ein paar Schritte zu gehen. „Alles ok bei euch?" fragt sie. „Ja sicher, und bei euch? Wie läuft's mit deinem Exexmann?" Sie lacht, „Exexmann ist gut, du hast unsere Story also nicht vergessen?" „Wie könnte ich das vergessen, du hast es mir ja gleich damals am ersten Abend erklärt!" Sie hält an, sieht mir ins Gesicht. „Weißt du, inzwischen seid ihr ja verheiratet, habt zwei Kinder, soweit so gut. Aber damals, als du vor zwanzig Jahren zum ersten Mal mitkommen bist, wart ihr da wirklich Arbeitskollegen oder lief da schon mehr zwischen euch? Ich hab mich an dem Abend nicht getraut, dich zu fragen, aber so wie du ihn damals angebetet hast..." Ich senke den Kopf und schmunzle. Dann nicke ich langsam und beginne, ihr diese wichtige Episode aus meinem Leben zu erzählen. Wie wir uns zum Kaffee verabredet haben, wie wir wenige Tage später zusammengekommen sind, wie wir Jahre später gemeinsam geflüchtet sind und uns ein neues Leben aufgebaut haben. Sie lauscht gespannt und ist fast ein wenig gerührt, als sie diese verfahrene Liebesgeschichte hört. Ich erzähle ihr von den Büchern, die ich über uns geschrieben habe, und die bald unseren ganzen Alltag bestimmten. Ich erzähle ihr von dem Tag, als ich solche Angst hatte, ihn zu verlieren, von den gestohlenen Stunden im

Proberaum, sie lacht hysterisch, als sie versteht, was auf diesem winzigen Sofa, vor der Bassbox und dem alten Schlagzeug so alles passiert ist. Ich erzähle ihr von den Abenteuern in unseren ersten gemeinsamen Jahren, von unseren beiden Kindern, von unserem Umzug nach Deutschland, den Dingen, die Jean unserer Familie angetan hat, irgendwann berichte ich ihr von der Geschichte meiner alten Freundin Sandra, die in den letzten Lebenszügen ihren Ex umgebracht hatte und Chris, der mich immer wieder zur Vernunft bringen musste und mich schließlich zu ihr brachte, so dass ich mich für immer von meiner lieben Freundin verabschieden konnte. Ich erzähle ihr von unseren Problemen mit Nora, die vor Kurzem von zuhause abhauen wollte und die in den letzten Wochen wie umgewandelt war und nun mit ihrem Freund auf dem Weg zum Konzert ist. Eleonora lauscht still meinen Erzählungen. Seltsam, normalerweise bin ich immer diejenige, die den Menschen zuhört. „Und... Wenn du jetzt auf diese letzten Jahre zurückblickst, was denkst du darüber?" Eine Frage, die mir noch nie jemand so gestellt hat. „Ich weiß nicht... Ich bin über jeden Tag glücklich, den ich mit ihm verbringen darf. Wir gehören zusammen, es war von Anfang an klar und die Liebe hat in diesen Jahren auch nie nachgelassen." „Gab es nie einen Grund für dich, ihn zu verlassen?" „Nein, nicht einen einzigen. Es kam mir nie in den Sinn, auch nicht in den schwierigsten Momenten, wenn wir gestritten haben und wir an den Ereignissen kaputtzugehen drohten. Er ist mein Mann und wird es immer sein. Ich liebe ihn." Plötzlich beugt sie sich herunter, hebt ein gefaltetes Stück Papier auf und reicht es mir. „Hier, das ist dir aus der Jackentasche gefallen." „Oh, danke." Ich stecke es wieder ein, ohne weiter darauf zu achten. Sicherlich eine alte Einkaufsliste, ich werde sie beim nächsten Mülleimer entsorgen. „Gehen wir langsam zurück? Ich denke, unsere Superstars wollen sicher noch was essen bevor sie auftreten, oder?" „Superstars, du bist gut, mein Exexmann hat in den letzten Wochen geprobt wie ein Wilder und keinen Ton getroffen… Aber vielleicht wird's ja heute Abend besser!"

Die Lichter gehen aus, nur ein paar Kerzen stehen auf den Tischen und flackern. Ich sitze an einem kleinen Tisch, neben mir Eleonora, sie nippt an ihrem Bier. Stille, die Leute flüstern nicht einmal. Ich lausche, sekundenlang passiert gar nichts, dann ein hölzernes Klack! Klack! Klack! Klack!, die Scheinwerfer strahlen die Bühne an, das Konzert beginnt mit der Autobahn zur Hölle. Dann himmeln sie Sherona an und begeben sich auf die Tobacostraße. Das Auge des Tigers wird besungen und sie brüllen im Chor, dass der einzige Grund ihrer Geburt der war, wild zu sein. Alte Lieder von Männern in Schuluniformen werden ausgegraben, sie werden zu tiefem Purpur und lassen die Achtzigerjahre wieder aufleben. Ich kann mich kaum auf dem Stuhl halten, trotz Rückenschmerzen und fünfzig Lebensjahren gerät mein Hormonhaushalt kräftig ins Schwanken und ich überlege, wie ich den Herrn, der da so eifrig den Rhythmus angibt, heute Nacht verführen könnte. Ich verliebe mich noch einmal in meinen Rockstar, ich habe Lust auf ihn, schade, dass er mich im

Scheinwerferlicht nicht ausflippen sehen kann. Zwei Stunden dauert das Konzert, sie machen nur eine kurze Pause und geben sieben Zugaben. Das Publikum ist genauso verschwitzt wie sie selbst, am Ende hielt sich keiner mehr auf den hölzernen Hockern, die Leute haben getanzt, und ich mittendrin. Was für ein Abend, was für ein Konzert, was für eine Band, ich habe mich schon lange nicht mehr so ausgetobt. Meine Ohren pfeifen, ich verstehe kein Wort von dem, was Eleonora mir zuschreit und meine Stimme ist heiser vom mitsingen.

Lange Zeit sitzen wir noch in der immer leerer werdenden Bar. Sie löschen ihren Brand mit literweise Bier, lachen wie die Henker über nicht ganz jugendfreie Witze und kommen langsam wieder auf die Erde. Auch mein Adrenalinschub ebbt langsam ab und ich werde müde. Ich sehe auf das Telefon, es ist ein Uhr nachts, Nora hat noch nicht angerufen. Sicher hat sie es vergessen. Ich schicke ihr eine Nachricht, frage ob alles ok sei und gratuliere ihr schon mal zum achtzehnten Geburtstag. Ich hoffe, sie hat ihr Konzert genossen und es ist alles gut gegangen. Und vor allem hoffe ich, dass sie gerne wieder nach Hause kommt. Aber so wie es in letzter Zeit lief, scheint sie ja nicht mehr die Flucht ergreifen zu wollen…

Eine gute Stunde später fahren wir ins Hotel, klingeln an der Nachtglocke, eine ältere Dame im Morgenmantel macht uns verschlafen die Tür auf. Wir gehen leise auf das Zimmer, lassen die Klamotten aufs Bett fliegen und genießen eine nächtliche Dusche. Wieder finde ich den zusammengefalteten Zettel auf dem Fußboden, ich lasse ihn achtlos in den kleinen Mülleimer wandern. Endlich ins Bett, ich bin hundemüde. „Sorry", murmele ich, „Aber ich weiß nicht, ob ich dir heute Nacht noch den Groupie machen kann... Ich bin todmüde..." Lächelnd dreht er sich auf die Seite, stützt sich auf dem Ellenbogen ab. „Nee nee, so leicht kommst du mir nicht davon, ich hab getrommelt wie ein Wahnsinniger, um dich zu beeindrucken, und du willst dich einfach umdrehen und schlafen?" Ich grinse, „Du hast mich ja beeindruckt, ich habe übrigens nur für dich getanzt wie eine Primaballerina, deshalb kann ich jetzt auch nicht mehr..." „Primaballerina? Pff... Komm her..." Ich rücke ein Stück näher. „Du riechst gut...", flüstere ich und vergrabe mein Gesicht an seinem Hals, küsse ihn und beiße ihn sanft. „Ist das eine Einladung?" Ich umfahre sein Ohr mit der Zunge, ein Garant für schnelle

Reaktionen. Tatsächlich wühlt er sich sofort durch das Federbett auf meine Seite, stürzt sich auf mich, küsst mich wild. „Mach langsam, mein Rücken macht das nicht mehr mit..." bitte ich ihn leise lachend. „Dann solltest du vielleicht ein bisschen mehr trainieren", ist seine prompte Antwort, dann dreht er mich auf den Bauch und drückt mich in die Kissen. Das Bett quietscht leise. Sein Arm umfasst meine Brust, presst mich an seinen Körper, ich bekomme kaum Luft. Er lässt von mir ab, rollt sich auf die Seite. Ich bin genervt. „Ich kann das bei dem Krach nicht... Können wir nicht vielleicht im Stehen?" Ich verlasse das Bett und lehne mich anmutig an das Spiegeltischchen. Er kommt auf mich zu. „Dreh dich um." Ich lege mich zur Hälfte auf den Tisch, er nähert sich mir vorsichtig, schiebt sich in mich hinein, bewegt sich so sanft wie selten zuvor. Seine Berührungen sind so vorsichtig, so exakt und intensiv, dass ich diese Welt für kurze Zeit verlasse, vollkommen vergesse, wo ich mich in diesem Moment befinde, und erst wieder zu mir komme, als er sich langsam von mir entfernt. Meine Beine zittern, ich falle ins Bett.

„Alles ok?" fragt er leise. „Mmh... alles super... das war schön..." Er umarmt mich, ich spüre seine Wärme an meinem Rücken. „Gib mir mal mein Handy...", bitte ich ihn, er greift hinter sich auf das Nachttischchen. Eine Nachricht von Nora. „Alles klar, bei euch auch? Gute Nacht, N." Beruhigt schalte ich es aus. „Wollte sie nicht anrufen?" fragt er und geht seiner Lieblingsbeschäftigung nach, nämlich der, mir ins Ohr zu beißen. Ein Wunder, dass es noch ganz ist, nach knapp zwanzig gemeinsamen Jahren. „Kannst dir vorstellen, dass sie heute Nacht Lust hat, mit ihren Alten zu telefonieren!? Erstens ist sie mit David zusammen, zweitens waren sie auf dem Konzert, da hat sie sicher anderes im Kopf. Ich bin ja schon froh, dass sie überhaupt geschrieben hat." „Hast recht, um wieviel Uhr werden sie daheim sein?" „Ich denke, der letzte Bus kommt so gegen zwei Uhr an, um halb drei werden die beiden sicher im Bett liegen." Ich drehe mich aus seiner Umarmung und lege meinen Kopf auf seine Schulter. „Sie wird doch nach Hause kommen, oder?" Plötzlich habe ich ein furchtbar ungutes Gefühl. Fast muss ich weinen, so schlecht fühle ich mich. „Hey... Natürlich kommt sie nach Hause, was redest du denn da?" „Ich weiß nicht, als sie mich umarmt hat, das fühlte sich so seltsam an, so endgültig. Sie hat mich nie so fest in den Arm genommen, es war wie als ob sie länger Abschied nehmen wolle. Ich kann's dir nicht erklären, es ist nur so ein komisches Gefühl." Plötzlich denke ich an den Zettel, der mir zweimal aus der Tasche gefallen ist und den ich vorhin so achtlos weggeworfen habe. Ich springe aus dem Bett, schalte das Nachttischlämpchen an und fische ihn aus dem Müllkorb. Ich falte ihn auf, und tatsächlich ist es kein alter Einkaufszettel, sondern ein Satz, den Nora mir zugesteckt hat. Ich setze mich ins Bett, lese ihn Chris vor. „Sie schreibt: ‚Ich habe euch lieb, vergesst das nie. Nora.'" „Schatz du kennst sie doch, einmal zickt sie rum, dann ist sie wieder voller Liebe und Zuneigung. Teenager sind so. Sie müssen alle Gefühle preisgeben. Sie wollte uns nur sagen, dass sie uns lieb hat. Jetzt leg dich hin und schlaf." Ich atme tief durch, irgendwas stimmt hier nicht. Doch wahrscheinlich bin ich tatsächlich überängstlich. Es ist sicher alles ok.

Nora

Ich bin frei. Ein seltsames Gefühl macht sich in mir breit, als ich auf die Uhr sehe und es genau Mitternacht und somit mein achtzehnter Geburtstag ist. Trotz der Hitze bekomme ich Gänsehaut. Ich stehe in der ersten Reihe, direkt vor der Bühne, und Tom sieht mich an. Ich kann es nicht fassen, er hat mich entdeckt. Nach drei Stunden, in denen ich ihn die ganze Zeit mit Herzklopfen angestarrt habe, schaut er mir endlich in die Augen. Nur ein paar Sekunden lang, doch diese Sekunden sind die wichtigsten meines Lebens. Er sieht in mich hinein. Einen Moment lang sind nur wir zwei hier. Dann holt David mich zurück auf die Erde. „Hey, willst du etwa was von dem?!" schreit er mich an. „Ach red doch keinen Scheiß!" brülle ich zurück. Ich liebe ihn, aber in diesem Moment kann er mich mal. Er versteht davon nichts. Ich wusste es, ich hätte mit Nadine hierherkommen sollen, das wäre echt cooler gewesen. Wer weiß, vielleicht hätten wir vor seinen Augen rumgeknutscht und wären ihm noch mehr aufgefallen. Ich will zu ihr.

Zwei Lieder später ist das Konzert zu Ende. Ich hätte die ganze Nacht durchrocken können. Ich werfe einen Blick auf mein Handy, Mama hat geschrieben. Ich bin nicht genervt, ich denke gerne an sie und Papa. Jetzt, wo ich frei bin, macht es mir nichts mehr aus. Ich antworte ihr, dass alles ok ist. Es ist keine Lüge, es ist wirklich alles in Ordnung. Sie soll sich keine Sorgen machen. David steht neben mir, will mich schon Richtung Ausgang ziehen. „Ich muss hinter die Bühne!" schreie ich, „Ich will ein Autogramm!" „Ach was, du spinnst doch, komm jetzt!" „Das hatte ich dir aber gesagt, ich muss Nadine auch eins mitbringen!" „Mein Gott, dann mach doch was du willst!" Mann, ist der stressig. „David... Jetzt warte doch... Ich komm ja gleich wieder..." Er dreht sich um und geht. Ich laufe ihm hinterher, durch die Menge, halte ihn am Ärmel fest. „Nora, ich hab keinen Bock auf diesen Kinderkram. Entscheide dich, renn den Typen hinterher oder komm mit mir. Ich hab keine Lust, dein Zweitfreund zu sein." „Mann, dann fick dich doch!" schreie ich ihn schrill an, die Tränen schießen mir in die Augen. Ich sehe ihm hinterher, er geht einfach. Dann ist er weg und ich stehe alleine da. Die Menge hat sich aufgelöst. Scheiße und jetzt? Ich sehe mich um. Auf der Bühne sind schon die Roadies und räumen auf. Ich muss hinter die Bühne. Ich will Tom sehen. Ich gehe zur Bühne, rufe dem einen zu: „Hey... hey, entschuldige, kannst du mir zeigen, wo…" „Wo willst du hin? Backstage?" Ich nicke. „Darfst du nicht." „Jetzt komm, ich will nur ein Autogramm." Er verdreht die Augen, dann streckt er mir die Hand entgegen und zieht mich rauf. Ich kann es nicht glauben, ich stehe auf ihrer Bühne. Sein Mikro steht noch, in das er vorhin gesungen hat, ich will es einen Moment lang berühren, doch der Typ zieht mich bereits hinter sich her. Scheiße, jetzt bringt der mich tatsächlich zu ihnen. Mir wird ganz schlecht vor Aufregung. Vor einer Tür bleibt er stehen, klopft an. „Ja?" brüllt eine Stimme. Er macht auf, schiebt mich rein, die halbe Band betrachtet mich. „Sie will ein Autogramm." „Wohin, auf die Titten?!" ruft der Bassist und lacht laut. Was für ein Schwein. „Oh komm, halt die Fresse, Ossi." Tom kommt auf mich zu, ich starre ihm in die grauen Augen. Mein Herz klopft, ich fürchte, er kann es sehen. Er ist nassgeschwitzt und so fucking sexy, dass ich sterben möchte. Hier, in seinen Armen, am besten noch heute Nacht. „Wie heißt du?" Er hat einen englischen Akzent. Wie süß... „Eh... ehm..." „Dein Name, Baby, kannst du dich daran erinnern?" Er grinst mich an. „Yes, ja, Nora. Ich bin Nora Dark." Ups, ich habe gerade Mamas Mädchennamen angenommen. „Nora Dark? Cooler Name. Ich bin Tom, aber das weißt du sicher eh schon. Darf ich vorstellen, Ossi und Patrick, Steve ist gerade nicht da, aber er kommt sicher gleich." „Hi...", flüstere ich vorsichtig, ich bin fix und alle. Er ist so nett... „Bist du alleine hier?" fragt er. Ich nicke. „Und dein Typ?" „Ist gegangen", sage ich leise. „Come on, jetzt setz dich erstmal, magst du was trinken? Bierchen?" Ich nehme dankbar eine Dose entgegen, das kühle Bier tut richtig gut. „Gib mir dein Ticket!" fordert er mich auf. „Wofür?" „Darling, du wolltest doch unsere Autogramme, oder?" Wieder grinst er mich so unverschämt an. „Oh sorry, ich dachte, ich muss mich dafür ausziehen!" Hoppla, wo kam denn der Kommentar so plötzlich her? „Haha, hast du gehört, Tom? Meine Idee hat ihr gefallen!" lacht Ossi. „Ok, also du musst dich schon entscheiden, Titten oder Ticket?" sagt Tom. Ich lächle ihn an. „Mmh… Ich weiß echt nicht… vielleicht erstmal aufs Ticket…" „Braves Mädchen, aber Ossi mag keine braven Mädchen." Unerwarteter Mut packt mich. Ich ziehe meine Jacke aus, drunter habe ich ein sehr sexy schwarzes Top aus Spitze an. Ich ziehe es wie in Zeitlupe über den Kopf, stehe plötzlich nur noch in Jeans und BH vor drei glotzenden Augenpaaren.

Ich greife nach dem schwarzen Edding in meiner Tasche und nähere mich ihnen. Einen nach dem anderen lasse ich den Namen auf meine Brüste schreiben. Patrick kriegt sich kaum vor Lachen, Ossi stiert mich lüstern an, Tom legt seinen Arm um meine Hüften, zieht mich an sich, beugt meinen Oberkörper nach hinten und pinselt genüsslich ein Herzchen auf meine linke Brust. Was für ein Augenblick. Ich spüre ihn an mir. Er ist stark und unnachgiebig. Sein Körper riecht nach Schweiß, doch er riecht gut. Ohne mich loszulassen, legt er den Stift beiseite und küsst das Herz. Ich durchlaufe alle Hitze- und Kältezonen auf einmal. „Komm Ossi, ich glaub, wir haben hier nichts mehr zu melden. Lassen wir die beiden alleine." Plötzlich sind wir alleine. Ich stehe immer noch halbnackt vor ihm, seine Hand liegt lässig auf meiner Hüfte. Er sieht mir in die Augen, ich kann kaum atmen vor Aufregung. Die Welt steht still. „Nora Dark… Wie alt bist du eigentlich?" „Zwanzig", flunkere ich. „Wie kommst du nach Hause?" Ich schüttle langsam den Kopf. „Ich gehe nicht nach Hause. Nicht heute Nacht." „Du kannst aber nicht hierbleiben. Wir schlafen außerhalb der Stadt und fahren morgen weiter." „Wo fahrt ihr hin?" „Richtung Süden, erstmal. Es ist eine Tournee. Jeden Abend eine andere Stadt, jede Nacht ein anderes Bett." Ich schlucke trocken. „Ich komme mit." Plötzlich lässt er mich los, macht einen Schritt zurück und lacht laut. „Was?! Ich glaub du spinnst, Baby, wie stellst du dir das denn vor?" „Ich weiß nicht… Aber nach Hause gehe ich nicht. Vergiss es." „You're so sweet… Nein, sorry, honey, aber das geht nicht. Ich kann dich nicht mitnehmen. Geh nach Hause. Du hast doch ein Zuhause, oder?" Ich beiße mir auf die Unterlippe. „Mmh-mmh. Ich bin abgehauen. Ich gehe nicht zurück. Ich könnte doch... für euch arbeiten?" Er lacht noch immer und geht im Zimmer auf und ab. „Wir haben schon unsere Roadies, du kannst das doch gar nicht. Weißt du vielleicht, wie man ein Schlagzeug aufbaut? Oder ein Mischpult bedient?" Ich nicke schüchtern. „Mein Papa war Schlagzeuger bei den Skanners... und bei anderen Bands... Ich hab das im Blut..." „Ach Gott Baby, Skanners, schön und gut, coole Band, aber ich kann dich nicht einfach so einstellen." Ich brauche eine andere Strategie, betteln hilft nicht, ich merke es schon. Ich mache einen auf gleichgültig. „Hey, ok, kein Problem", sage ich und greife nach meinem Shirt, ziehe mich wieder an und schultere meinen Rucksack. „War nett, dich kennenzulernen. Bye, Tommy!" Ich drehe mich um und gehe langsam zur Tür. „Hey, Nora, warte…" Ich wusste es. Ich drehe mich um. „Mach dir keinen Kopf, ich komme zurecht! Danke für das Herz!" Sein Ausdruck ist seltsam. „Eine Nacht… Heute Nacht kannst du bei mir im Hotel schlafen, mehr kann ich nicht tun." Ich schmunzle. Gewonnen. Eine Nacht mit Tom. Ich kann es nicht glauben. Ich kann mich nicht zusammenreißen, ich springe meinen Superstar an und drücke ihm einen Kuss auf die Wange. Er lächelt, zuckt aber zurück. Ich sollte mich ein bisschen bremsen. „Hast du Geld für ein Taxi? Ich kann dich nicht im Bus mitnehmen. Du fährst zu dieser Adresse und wartest dort. Ich bin in etwa einer Stunde dort. Got it?" Ich nicke, stecke den Zettel ein. „Du kannst hier rausgehen. Die Taxis sind gleich da drüben. Wir sehen uns vor dem Hotel." Ich will schon durch die Tür laufen, da hält er mich am Arm fest und dreht mich mit dem Rücken zur Tür. Ein paar Sekunden vergehen, er stützt sich mit dem Arm ab, dann nähert er sich mir. Ich schließe die Augen. Herz im Hals. Seine Hand an meinem Kinn. Er hebt es an. Sein Atem in meinem Gesicht. Dann liegen seine Lippen auf meinen. Wir küssen uns, sanft, ganz vorsichtig. Ich gehe kaputt. Ich sterbe gerade. Er öffnet meine Lippen mit seinen. Seine Zunge an meiner Oberlippe, vorsichtig knabbert er daran, seine Hand streicht mir durch die Haare, dann zieht er mich an sich, ich werde ein wenig mutiger, lasse meine Zunge spielen, wir knutschen, dann plötzlich lässt er von mir ab. Ich schnappe nach Luft. „Geh jetzt", flüstert er, „Wir sehen uns dort." Ich renne durch die Tür, nein, ich fliege. Ich checke gar nichts mehr. Ich habe gerade mit Tom geknutscht. Ich raffe das einfach nicht. Tom, Tom, Tom... Ich werde wahnsinnig. Ich muss Nadine schreiben, sie muss zu mir kommen, egal wie. Ich renne zu den Taxis, setze mich in das erste und reiche dem Fahrer den Zettel. Er fährt los. In den folgenden fünfzehn Minuten bombardiere ich Nadine mit Nachrichten, anrufen kann ich sie um diese Zeit nicht, ihre Eltern würden sie erwischen. Ich weiß, dass sie das Handy immer unter dem Kopfkissen versteckt und die Nachrichten hört. Doch sie antwortet nicht, noch nicht. David hat dreimal angerufen. Er kann mich mal. Er hat keine Ahnung. Er weiß nicht, was Liebe ist. So wie Tom hat er mich nie geküsst. Es ist aus. Er fehlt mir nicht mal. Dabei hab ich mich vor ein paar Tagen noch nach ihm verzehrt. Wie schnell sich die

Dinge doch ändern können. Das neue Leben beginnt. Mein Leben.

„Wir sind da. Achtzehn zwanzig, bitte." Ich krame in meiner Tasche, finde die fünfzig Euro, die Mama mir zugesteckt hat, halte sie ihm hin. Es tut einen Moment lang weh, den Schein herzugeben. Es ist, als würde ich eine Erinnerung verkaufen. Scheiß drauf, es ist nur Geld. Der Fahrer gibt mir das Wechselgeld, ich nehme mein Gepäck und steige aus. Das Hotel ist auf der anderen Straßenseite, ich renne hin. Weit und breit kein Bus, kein Tom. Ich werde warten. Was soll ich auch sonst tun? Ich sterbe vor Hunger und Durst. Ich betrete die Hotellounge, sie ist klein, aber vielleicht gibt es ja wenigstens was zu trinken. Ich setze mich auf einen Barhocker, eine junge Frau fragt, was ich möchte. „Cola, danke. Haben Sie was zu essen?" Sie schüttelt den Kopf.

„Um diese Zeit hat die Küche zu." Sie stellt mir eine Schüssel mit Chips hin, die ich gierig verschlinge, die Cola stürze ich hinterher. Jetzt geht es schon besser. „Bitte noch eine." Sie füllt das nächste Glas. Ich trinke, dieses Mal langsamer. Dann sehe ich den schwarzen Bus. Eine Horde von Menschen steigt aus. Mein Gott, schlafen die alle im selben Hotel? Sie kommen in die Lounge, ein paar bleiben an der Bar stehen, andere verschwinden direkt auf das Zimmer. Als letztes kann ich Tom entdecken, er läuft Arm in Arm mit einer Blondine an mir vorbei. Mein Magen zieht sich zusammen. Was soll das denn jetzt?? Sie bleiben stehen, er küsst sie auf die Wangen, sie lachen, dann zieht sie Leine. Er nähert sich mir, doch er bleibt nur kurz neben mir stehen, flüstert mir

„Achtundzwanzig" zu und verschwindet. Hä? Ach Gott, die Zimmernummer.

Ich stürze den Rest meiner Cola hinter, zahle eilig, nehme Jacke und Rucksack und renne zum Aufzug. Erster Stock, dann stehe ich vor Zimmer achtundzwanzig. Ich atme tief durch und klopfe. Die Tür wird aufgemacht. Ich trete ein. Er steht oben ohne da, grinst wieder von einem Ohr zum anderen. „Come in. Mach's dir bequem. Ich muss kurz duschen." Schüchtern lege ich meinen Rucksack in eine Ecke und setze mich aufs Bett. Das Zimmer ist nicht sonderlich groß, seine Tasche liegt vor dem Bett, ein paar Klamotten liegen über dem Stuhl. Vielleicht sollte ich ihm ein T-Shirt klauen und als Trophäe mitnehmen. Er wird mir das sicher verzeihen. Er verschwindet im Bad. Ich muss mich beruhigen. Mann, bin ich müde. Außerdem hab ich Lust auf eine

Zigarette, aber ich hab keine mehr. Ich öffne meinen Rucksack, suche nach meiner Zahnbürste, sicherlich stinke ich nach allem Möglichen. Dann blicke ich auf mein Handy, Nadine hat geschrieben, sieben Nachrichten, sie ist total ausgeflippt. Sie schreibt, sie würde so bald wie möglich nachkommen und was mit David sei. Ich antworte ihr, dass Schluss sei und ich mich in Toms Zimmer befinde. Sie schreibt zurück, ist völlig hysterisch. Als das Wasser ausgeht, lege ich das Handy weg. Er kommt raus, seine Haare sind nass. Er hat nur ein Handtuch um. „Darf ich auch? Mich ein bisschen frischmachen, meine ich…", bitte ich ihn. „Ja klar, Baby, geh nur. Handtücher sind genug da." „Danke." Ich gehe ins Bad, betrachte mich kurz, grinse mein Spiegelbild an. Ich putze mir die Zähne, dann springe ich unter die Dusche und benutze sein

Duschgel. Auch das wird er mir sicher nachsehen. Oh Mann... Tom ist nur ein paar Meter von mir entfernt... und ich stehe unter seiner Dusche... ich schnalle ab, das kann nur ein Traum sein. Ich beeile mich, betrachte die Unterschriften auf meiner Brust. Dort, wo er das Herz hingemalt hat, werde ich mir ein Tatoo machen lassen, das ist sicher. Bis es soweit ist, muss eben der Edding herhalten. Noch ist nichts verwischt. Ok fertig, schnell abtrocknen und saubere Unterwäsche anziehen. Ich binde mir ebenfalls ein Handtuch um, dann verlasse ich das Bad. Er steht da und spielt mit seinem Handy. „Deine Freundin?" frage ich neugierig. „None of your business, Baby...", brummelt er. „Sorry..." „Schon ok." sagt er, legt es weg und kommt auf mich zu. Tropfen fallen von seinen Haaren. Unschlüssig stehe ich vor ihm. Er sieht mir in die Augen. „Eine Nacht, nicht mehr. Verstanden?" Das werden wir ja sehen. Ich nicke zur Vorsicht. Bloß kein Stress jetzt. Morgen kann die Welt schon ganz anders aussehen. „You wanna have sex?" Es ist so verdammt sexy wenn er englisch spricht, ich schmelze dahin wie Milchschokolade in der Sonne. Ich traue mich, zu lächeln und versuche es mit einem Küsschen auf seine Lippen. „Ich weiß nicht… du?" Er lächelt und küsst mich, sanfter als vorhin. Ich zittere und werde klatschnass. Alles in mir zieht sich zusammen. Er zieht mir das Handtuch herunter, schon stehe ich in Unterwäsche vor ihm. „Ich hoffe, du nimmst die Pille…" Ich nicke. Ja, bis auf die von gestern habe ich sie schon genommen… Egal, es wird schon nichts passieren Seine Küsse sind der Wahnsinn, ich bin süchtig nach diesen Lippen, werde immer geiler und wilder, ich umarme ihn, er ist schlank und muskulös, er hat kein Gramm zu viel. Ich habe mich nie gefragt, wie alt er eigentlich ist. Sicher ist er zehn Jahre älter als ich. Plötzlich lässt er mich los und stößt mich aufs Bett. Ich erschrecke. Dann ist er über mir, küsst meinen Körper. Ich zucke zusammen, als er meine Brüste in den Mund nimmt. Mit David habe ich so etwas nie empfunden. Vielleicht habe ich ihn nie geliebt. Seine Finger streichen über mein Höschen, dann zieht er es mir aus. Mein Herz zerspringt, als er mich mit seinen grauen Augen fixiert und gleichzeitig streichelt. Sein Finger ist in mir, er bewegt ihn sanft vor und zurück. Ich kann mich nicht mehr zurückhalten und stöhne lauter als gewollt. „Sssh Baby…. Du weckst ja alle…", sagt er mit seiner rauen Stimme. Ich suche Halt in den Kissen, schreie kurz auf, als ich komme. Atemlos liege ich auf dem Bett, als er sich neben mich legt und mich küsst. Er ist nackt. „Willst du?" Er drückt meinen Kopf in Richtung seines Unterleibs, doch plötzlich packt mich die Angst. Was mache ich hier eigentlich? Ich kenne ihn doch gar nicht... Scheiße... Ich kann das nicht. Ich sträube mich. „Hey, Nora, was ist? Willst du nicht?" Ich weiß nicht, was ich tun soll. Ich kann nicht mit ihm schlafen, noch nicht, obwohl ich solche Lust auf ihn habe. Plötzlich fange ich an zu weinen. Er lässt mich los, Gott sei Dank. „Hey, was hast du denn?" Sein Blick ist seltsam. „Ich... Ich weiß nicht, ich hab Angst... Tut mir leid..." Er sieht mich freundlich an. „Möchtest du vielleicht einfach nur schlafen? Ein paar Stunden Zeit haben wir ja noch, und morgen nimmst du dann den Zug nach Hause, ok? Mach dir keine Sorgen... Es ist ok, ich bin froh, dass du nicht so einfach zu haben bist." Ich schniefe. "Aber ich hatte solche Lust auf dich... Wirklich... Du bist der Wahnsinn." Er küsst mich sanft. "Leg dich hin. Wir kuscheln einfach ein bisschen und sehen, was passiert, ok?" Ich nicke und lasse mich aufs Bett sinken. Er streichelt mir über die Wangen, spielt sanft mit meiner Zunge und meinen Lippen. Ich könnte ihn auffressen, will in ihn hineinkriechen. Ich berühre seine feuchten Haare, seinen Hals und seine Brust mit den Fingerspitzen. Seine Haut ist weich. Ich beruhige mich, keine Tränen mehr. Viele, viele Minuten später legt er sich vorsichtig auf mich. Ich schließe die Augen, spüre ihn an mir. "Look at me", sagt er, ich öffne sie, in diesem Moment dringt er mit einem Ruck in mich ein. "You're ok?" Ich nicke. Ich spüre, wie er sich langsam in mir bewegt. Ich suche nach seinen Händen, ich brauche etwas, an dem ich mich festhalten kann. Wir küssen uns nicht, wir sehen uns an, er lässt mich keinen Moment lang aus den Augen. Nie habe ich so empfunden. Nie habe ich einen Menschen so nah an mich herangelassen. Was hier passiert, stellt alles andere in den Schatten. Er ist nicht mehr der unerreichbare Rockstar. Er ist in mir, er gehört mir und ich gehöre ihm. Zumindest für eine Nacht.

Simone

Ich habe geschlafen wie ein Stein, wenn auch nur ein paar Stunden. Gegen neun Uhr fallen wir mit dicken Augen aus dem Bett, Chris scheint schlafzuwandeln, als er im Bad verschwindet. Zehn Minuten später erscheint er einigermaßen aufgeräumt im Hotelzimmer. Mein Handy piepst. Sicher eins von den Kindern. Tatsächlich ist es Nora. ‚Bin noch in Verona. Hab den Bus verpasst, macht euch keine Sorgen.' Ich wähle ihre Nummer, doch sie nimmt nicht ab, dann informiere ich Chris über ihre Nachricht. „Sie ist noch in Verona, scheinbar hat sie die Nacht dort verbracht. Angeblich hat sie den letzten Bus verpasst." „Müssen wir sie abholen?" fragt er. Ich zucke mit den Schultern. „Ich hab gerade versucht, sie anzurufen, aber sie nimmt nicht ab. Ich probiere es in einer halben Stunde noch mal. Gehen wir frühstücken?" „Ok, kurzen Kaffee und dann heim. Wir müssen Alan bis Mittag abholen." Wir packen unseren Krempel zusammen, genießen ein kurzes Frühstück, dann machen wir uns auf den Heimweg. Die Straßen sind frei, das Auto ist schnell, um halb zwölf nehmen wir Sohnemann in Empfang. Er ist wie immer hellwach und erzählt aufgeregt von gestern Abend. Ich versuche zum vierten Mal, unsere Tochter zu erreichen, endlich nimmt sie ab. Sie klingt müde aber glücklich. „Alles Gute zum Geburtstag mein Schatz…" „Danke Mama… Wie war's gestern Abend?" „Super, dein Papa hat mal wieder alles gegeben. Wo steckst du?" „Mama… Ich muss dir was sagen… ich bin nicht mehr mit David zusammen… wir haben gestritten und Schluss gemacht. Deshalb bin ich eine Nacht hiergeblieben. Ich kann noch nicht heimkommen..." Ich glaube, ich höre nicht richtig. „Was meinst du damit? Wir holen dich ab, in zwei Stunden sind wir da. Wo bist du??" „Mama, ich komme nicht heim. Ich bin jetzt volljährig. Und ich bin mit Tom zusammen. Versucht nicht, mich zu suchen. Er nimmt mich mit auf Tournee. Ich werde für die Band arbeiten und dafür darf ich bei ihnen schlafen und essen. Es ist alles schon abgemacht." „Nora, spinnst du? Was redest du denn da? Komm nach Hause, du kannst dich doch nicht einfach so absetzen..." Meine Stimme ist schrill, ich gerate in Panik. In diesem Moment kommt Chris dazu, er hat das Gespräch mitbekommen. „Gib sie mir mal." sagt er ruhig. Mit Tränen in den Augen reiche ich ihm das Telefon. Ich höre ihn sprechen, er klingt streng, ich sehe, wie sehr er versucht, seinen Zorn zu zügeln. Zehn Minuten später beendet er das

Gespräch. Ich sehe ihn fassungslos an. „Mach dir keine Sorgen, in ein paar Tagen wird ihr das Geld ausgehen, dann kommt sie so oder so wieder heim." „Sie sagte, sie würde für die Band arbeiten... Stimmt das? Und die Schule? Ich kann das alles nicht glauben." „Glaub mir, das hält sie nicht lange durch. Drei Tage, vielleicht eine Woche, dann steht sie wieder hier vor der Tür. Aber wenn sie unbedingt arbeiten will, dann wird sie sich eine ordentliche Arbeit und eine Wohnung suchen. Wir sind schließlich kein Hotel." Er ist stinksauer, nein stinksauer ist kein Ausdruck. Ich bin am Boden zerstört. Und ich hatte recht, der Zettel hatte etwas zu bedeuten. Sie ist zum zweiten Mal abgehauen. Was haben wir nur falsch gemacht... Er nimmt meinen Kopf zwischen seine Hände, sieht mir direkt in die Augen. „Es liegt nicht an uns, ok? Fang gar nicht an, dir derartige Gedanken zu machen. Wir haben nichts falsch gemacht. Sie hat sich in den Sänger verknallt und will jetzt sein Groupie sein. Lass ihr ein paar Tage, dann kommt sie wieder her. Glaub mir." Als ob er meine Gedanken lesen könne. „Mama...?" höre ich Alan rufen. Ich gehe zu ihm. „Ja mein Schatz?" „Wo ist Nora?" „Nora kommt erst in ein paar Tagen wieder... Sie macht ein bisschen Urlaub." „Ist sie abgehauen?" fragt er treffend. „Nicht direkt. Sie hat eine Arbeit gefunden. Deshalb kann sie nicht sofort nach Hause kommen. Mach dir keine Sorgen, ok?" Mein Herz zieht sich zusammen, als ich diese Worte ausspreche. Wir essen zu dritt, verzweifelt sehe ich auf ihren leeren Platz am Tisch. Ich hätte damit rechnen müssen. Deshalb ist sie in den letzten Wochen so verdächtig lieb gewesen und hat sich so viel

Mühe gegeben, nicht aufzumucken. So konnten wir sie in Ruhe gehen lassen. Und die Geschichte mit David? Sie waren doch seit vielen Jahren befreundet, jetzt haben sie so Knall auf Fall Schluss gemacht? Naja, ich weiß ja selbst, dass man sich innerhalb von Sekunden neu verlieben kann. Es ist mir selbst oft genug passiert und die Konsequenzen waren verheerend. Bei Chris haben zwei Mittagspausen genügt, und ich war hin und weg von ihm. Die Liebe ist eine seltsame Kraft. Ich hoffe nur, es geht ihr gut und sie hält sich von Drogen und ähnlichem Scheiß fern. Und dass sie nicht schwanger wird. Ich bin erst fünfzig, ich will noch nicht Oma werden. Ich sehe Chris an, äußerlich scheint er ruhig, aber ich kann mir vorstellen, wie er innerlich kocht. Er isst still seinen Teller leer, sagt kein Wort. „Schatz?" frage ich vorsichtig. „Was ist?" Er sieht hoch, sein Blick ist leer. „Willst du sie suchen?" schlage ich vor. Er schüttelt den Kopf. „Nein, noch nicht. Ich gebe ihr drei Tage. Wir müssen versuchen, den Kontakt zu ihr zu halten. Das ist im Moment das Einzige, was wir tun können. Wir müssen ruhig bleiben und ihr zu Verstehen geben, dass ihr Zuhause kein Gefängnis ist. Wenn sie allerdings in ein paar Tagen nicht wohlbehalten wieder hier ist, dann hol ich sie zurück. Ich lasse sie nicht einfach gehen. Ich will vor allem wissen, mit welcher Band sie unterwegs ist. Ich meine, vielleicht sind die Jungs ja ganz nett, aber vielleicht sind das auch Typen, die sonst was anstellen. Gerade bei Metalbands sind die Charaktere ziemlich extrem. Glaub mir, ich hab schon alles Mögliche erlebt." Klar, bei seiner Vergangenheit, denke ich mir. Als Schlagzeuger von zig Bands kann er auf eine

Menge Erfahrungen zurückgreifen. Er hat recht. Das werden ein paar schwierige Tage, doch da müssen wir jetzt durch.

Ich versuche, mich abzulenken, indem ich den Garten mit frischen Blumen bestücke, die Wohnung putze und Gardinen wasche, bis mein Rücken knirscht. Es hilft jedoch nicht, ich kann den Gedanken an Nora nicht abschütteln. Irgendwann setze ich mich an den Computer und google die Band ‚Die Young'. Die Jungs kommen aus England, sind alle zwischen achtundzwanzig und fünfunddreißig. Der Frontsänger, Tom Owens, ist neunundzwanzig Jahre alt. Wenn ich daran denke, dass er vermutlich letzte Nacht meine Tochter verführt hat, wird mir anders. Ein hübscher Junge, mittellange, braune Haare, graue Augen, Figur wie ein Model. Immerhin hat sie einen guten Geschmack. Der Altersunterschied ist so groß wie zwischen mir und Chris, elf Jahre. Tja, wie die Mutter, so die Tochter... Der Bassist macht keinen besonders netten Eindruck, ein gedrungener Typ, er nennt sich Ossi und ist mit Mitte dreißig der Älteste. Er erinnert mich an eine Bulldogge. Ossi ist sein Spitzname, James Osborn heißt er im normalen Leben. Der Gitarrist heißt Patrick Seeler, hat blonde Dreads bis zum Hintern und ist achtundzwanzig. Ich suche gerade nach der Biografie von Steven, dem Drummer, als Chris mir die Hand auf die Schulter legt. „Na, spionierst du gerade unseren neuen Schwiegersohn aus?" Trotz der traurigen Situation muss ich lachen. „Ja, schau mal, ist ein ganz hübscher übrigens!" Er setzt sich neben mich an den Tisch, studiert die Webseite der Band. „Wer ist der Drummer?" „Den suche ich gerade, ich weiß nur, dass er Steven heißt... Nachname

Brown... Ist einunddreißig... So jung und schon so erfolgreich, ich hoffe nur, sie sind nicht ständig im Vollrausch..." „Glaub mir, sie werden saufen und rauchen, und dabei bleibt es sicher nicht nur bei Bier und Zigaretten. Das gehört in der Branche einfach dazu. Und ich schätze mal nicht nur das... Ich meine, schau dir mal die Songtexte an. Ich kann mir nicht vorstellen, dass die an den lieben Gott glauben, ich denke, die gehören eher zur Konkurrenz." „Du meinst, das sind so kleine Teufelsanbeter?" „Sprich seinen Namen nicht aus." Ich sehe ihn von unten an. „Entschuldige, wieso denn nicht?" „Nenn ihn einfach nicht beim Namen, tu mir den Gefallen." Ich zucke mit den Schultern. Ich kann mich gut an jenen Nachmittag erinnern, als er mir nach etwas mehr als einem gemeinsamen Jahr von seinen seltsamen Erfahrungen erzählte. Noch heute bekomme ich Gänsehaut, wenn ich daran denke, wie lebhaft er mir von diesen Treffen berichtete, die er selbst mit knapp dreißig Jahren erlebt hatte. Zunächst wollte ich ihm keinen Glauben schenken, ich konnte den sonst so ‚normalen' Chris mir kaum als Geisterbeschwörer vorstellen. Doch mit der Zeit, je mehr ich ihn beobachtete, wurde seine versteckte, dunkle Seite immer sichtbarer. Sein teuflisches Lachen an erster Stelle. Nur allzu oft erinnerte er mich an Al Pacino in ‚Der Anwalt des Teufels'. Der Dämon Lord Astaroth stand ihm hervorragend. Ich hole tief Luft. „Können wir denn gar nichts machen?" „Wie gesagt, sie bekommt drei Tage, dann gehen wir sie holen." Ohne ein weiteres Wort dreht er sich um und geht. Ich will ihm etwas sagen, doch ich finde kein einziges Wort. Ich schaffe es nicht, ihn zu trösten oder ihm Mut zu machen, wenn ich selbst keinen Trost oder Mut finde. Ich klappe den PC zu. Ich werde mich damit abfinden müssen. Ich bin machtlos. Später an diesem Nachmittag erhalte ich eine Sms von Nora. ‚Hi Mama, heute Abend großer Gig in Brescia. Hdl. Grüße an Papa und Alan. Nora.'

Tränen tropfen auf mein Telefon.

Nora

Es ist stickig, der Bus stinkt nach Schweiß und Freiheit. Ich kann immer noch nicht fassen, dass ich mich mit der Band auf dem Weg zum nächsten Konzert befinde. Heute Abend um neun steigt der nächste Gig in Brescia. Ein paar tausend Leute werden erwartet. Ich sitze hinter Tom, er ist ständig mit seinem Handy beschäftigt, wahrscheinlich stresst ihn seine Freundin, die daheim geblieben ist. Er hat mir eingeschärft, dass niemand von uns wissen darf und ich mich wie ein Kumpel verhalten solle. Er hat mir gezeigt, welche Instrumente ich nachher ausladen und zur Bühne bringen darf. Das Aufbauen übernehmen die anderen, ich soll die ersten Abende nur zuschauen und lernen. Geld bekomme ich keines, aber ich darf mit den Roadies essen und in seinem Hotelzimmer schlafen. Heimlich versteht sich, sonst wird schnell klar, dass wir zusammen sind. Sind wir überhaupt zusammen? Keinen Schimmer, während der ganzen Fahrt hat er mich gekonnt ignoriert. Scheiß drauf, die Nächte gehören uns. Ob er heute Nacht wieder mit mir schlafen will? Ich hoffe es, die letzte Nacht war der Wahnsinn. Gleichzeitig will ich nur noch pennen, ich bin todmüde. Steve ist aufgestanden, verteilt Bier und zieht an einem Joint. Ich lehne dankend ab, von dem Zeug wird mir jetzt nur schlecht. Ich bin nicht in Stimmung. Er bleibt vor mir stehen. „What's up, you're sick?" Ich schüttle den Kopf. „Nur müde. Danke!" Er zuckt mit den Schultern, setzt sich wieder in die Sitzreihe neben mich. „Homesick?" bohrt er weiter. Ich drehe den Kopf zu ihm. „Nein, kein Heimweh. Alles ok. Will nur schlafen."

„Allright." Damit widmet er sich wieder seiner Musik. Ich sehe, wie sich seine Finger im Takt der Musik bewegen, genau wie bei Papa. Und plötzlich werde ich doch homesick. Mama hat mir oft erzählt, wie verliebt sie in Papa war, vor allem in den ersten Jahren. Sie müssen ein ziemlich wildes Pärchen gewesen sein. In der ersten Zeit mussten sie sich immer heimlich treffen und konnten nur wenige Stunden miteinander verbringen. Deshalb, sagte sie mir, kenne sie sich mit Liebeskummer verdammt gut aus. Sicher hatten die beiden es auch nicht einfach. Einmal hat sie mir erzählt, dass sie sicher war, dass ihr Exmann sich in eine andere verliebt hatte. Sie hat daraufhin gemeinsam mit Papa einen Plan ausgeheckt, um ihm auf die Schliche zu kommen. Sie verabredeten sich an einem Dienstagabend, an dem ihr Ex einen

Abendkurs mit dieser anderen Frau besuchte. Diese Frau hieß Sandra. Sie begleitete die beiden, dann flüchtete sie mit Papa zu einer Bar, sie tranken etwas und wollten dann noch ein bisschen Zeit alleine miteinander verbringen. Also fuhren sie mit dem Auto an den Rand eines kleinen nahegelegenen Dorfes und redeten und lachten miteinander. Sie hörten Musik und sprachen über ihre Familien und über das erste Buch, das sie veröffentlicht hatte. Irgendwann musste Mama dringend mal, sie meinte, sie habe schon immer eine ziemlich schwache Blase gehabt. Sie stieg also aus dem Auto und pinkelte ein paar Meter weiter aufs Gras. Ich habe das Gesicht verzogen, und sie gefragt, warum sie mir ausgerechnet so detailliert davon erzählen musste. Warte ab, sagte sie, das Beste käme noch. Sie stieg also wieder ins

Auto und begann, mit Papa zu schmusen. Sie knutschten und naja... das hat sie mir nicht so genau beschrieben... Jedenfalls als sie fertig waren, stieg ihr plötzlich ein seltsamer Geruch in die Nase. Sie fragte Papa, ob er das auch rieche, und er sagte Ja. Sie erschraken furchtbar, als Mama entdeckte, dass sie am Schienbein Hundescheiße kleben hatte, sie lachten und fluchten, natürlich hatte sich der ganze Mist auch auf dem Beifahrersitz verteilt und Papa musste sie schnell heimbringen und den Autositz in einer Garage notreinigen. Sie selbst merkte daheim, dass der Dreck sogar an ihrem Ehering klebte, und hielt es für ein göttliches Zeichen. Ich habe mich halbtot gelacht, als sie mir diese Story erzählte. Auch Mama lachte Tränen. Doch es war noch nicht vorbei, Papa musste ja noch den Privatdetektiv spielen. Er begab sich also zu dem Gebäude, in dem der Kurs stattfand. Etwa zehn Minuten später kamen ihm tatsächlich Mamas Exmann und Sandra entgegen, die eingehakt nach Hause wandelten. Er nahm die beiden mit dem Handy auf Video auf. Sandra lehnte immer wieder ihren Kopf an seine Schulter und sie ließen sich nicht ein einziges Mal los. Nachdem die beiden außer Hörweite waren, rief Papa Mama an und berichtete ihr, was er gesehen hatte. Das Dumme war nur, dass Mama in diesem Moment mit Oma telefonierte und ihm nicht lange zuhören konnte. Am nächsten Tag trafen Mama und Papa sich wie immer zum Mittagessen und er zeigte ihr seine Aufnahmen. Sie betrachtete ihren damaligen Gatten mit gemischten Gefühlen: es verletzte sie, ihn mit einer anderen zu sehen, doch gleichzeitig war sie heilfroh darum, dass er sich einer anderen Frau öffnete. Ab diesem Moment war sie sich sicher, dass ihre Ehehölle und ihr altes Leben bald ein Ende haben würden. Leider eröffnete Sandra ihr ein paar Tage später, dass sie einen neuen Freund habe, und bei diesem neuen Freund handelte es sich logischerweise nicht um Mamas damaligen Mann. Sie sagte, dass sie in jenen Tagen von zwei Gedanken „gequält" wurde. Der eine war, was Sandra von ihrem Mann wollte und wie sie sich erdreisten konnte, mit ihm auf offener Straße untergehakt müßigzugehen. Und der andere war, wie der Hundedreck an ihr Bein gekommen war; sie hatte nämlich nichts davon unterm Schuh hängen. Dieses Mysterium beschäftigte sie wohl noch eine ganze Weile.

Bei den Gedanken an diese witzige Geschichte aus dem Leben meiner Eltern wird mir klar, wie sehr ich die beiden und Alan vermisse. Verdammt, ich bin doch gerade mal zwei Tage von daheim weg und schon flenne ich wie ein Baby. Nora, reiß' dich zusammen, es geht doch gerade erst los! Als hätte er meine Gedanken erraten, dreht Tom sich zu mir um und blickt mich mit seinen grauen Augen an. „Wir sind fast da. Bist du bereit?" Ich nicke und versuche krampfhaft, ihn anzulächeln und die aufsteigenden Tränen herunterzuwürgen. Mein Telefon piepst, eine Nachricht von Mama. Endlich, ich dachte, sie würde gar nicht mehr antworten. Sie ist kurz, aber eindeutig. „Wir vermissen dich." Mehr steht nicht drin. Es ist zuviel, ich sitze im Bus und heule. Tom steht von seinem Platz auf und setzt sich zu mir, zieht mich an sich. „Hey, babe, what's up? You wanna go home?" Ich schniefe, zeige ihm die Sms. „Du musst dich entscheiden, was willst du? Heim oder Tournee?" Trotzig wische ich mit dem Ärmel über meine Nase, er wird schmutzig. „Tournee." „Alright, so stop crying." Er drückt mich kurz, seine Berührung ist angenehm, wenn auch zu freundschaftlich für meinen Geschmack. Ich sehe ihn an, einen Moment lang scheint er mich küssen zu wollen, dann wendet er sich wieder ab. „Later, ok?" Nagut, dann eben später. Ich kann warten, ich habe jahrelang auf ihn gewartet. Kein Problem. Es ist süß von ihm, dass er mich getröstet hat. Vielleicht bin ich ihm ja doch nicht ganz egal. Ich sehe aus dem Fenster und vergrabe mich in die Gedanken an gestern Nacht. Wie er mir in dem Raum hinter der Bühne ein Herz auf die Brust gemalt, dann mit mir gesprochen und mich schließlich geküsst und in sein Hotel eingeladen hat. Es war echt der Wahnsinn. Ich habe in seinem Bett gelegen und er hat mich vor Lust zum Schreien gebracht. Dann wollte er, dass ich ihn in den Mund nehme, und er war nicht mal sauer, als ich es nicht getan habe. Dann haben wir miteinander geschlafen. Er, Tom Owens, war in mir. Ich glaube es immer noch nicht. Ich denke nicht, dass ich ein One-Night-Stand für ihn bin, sonst hätte er mich niemals mitgenommen. Danach haben wir ein wenig gekuschelt und ich durfte meinen Kopf auf seine Brust legen. Ich habe sein Herz schlagen hören, diesen Moment werde ich nie in meinem Leben vergessen. Er hat an meinen Haaren herumgespielt und sich eine Zigarette angesteckt, der Rauchverbot in dem Zimmer war ihm wurscht. Er ließ mich auch daran ziehen, indem er sie mir in den Mund steckte. Wir waren ein Paar und seine Freundin hat er nicht mit einem einzigen Wort erwähnt. Vielleicht hat er ja gar keine Freundin. Es geht mich ja auch nichts an, in diesem Moment gehört er mir. Scheiße, ich habe mich verliebt.

Der Busfahrer steuert Brescia Nord und die Konzerthalle an. Ossi saß die ganze Zeit schnarchend im hinteren Teil des Busses, jetzt drängt er sich durch den engen Gang, was bei seiner Figur nicht ganz einfach ist. Schlussendlich hat sich herausgestellt, dass er eigentlich ein ganz Netter ist, der bei Frauen im ersten Moment immer erstmal auf den Putz hauen muss. Tom meinte gestern, ich solle es ihm nicht übel nehmen, er sei frustriert, weil er nie eine abbekomme. Der Arme. Mein Telefon klingelt, mein Gott, wer ist denn hier der VIP, sie oder ich? Es ist Nadine, schnell nehme ich ab. Sie verhört mich richtiggehend, was letzte Nacht passiert sei, wo ich jetzt bin, wie es jetzt mit mir und Tom weitergehen soll und was mit David sei. Ich beantworte ihre Fragen artig und frage sie, wann sie endlich nachkäme. „Ich bin so gut wie auf dem Weg, Süße. Ich habe meine Eltern überzeugt, dass ich zu dem Konzert nach Mailand darf und dort auch eine Nacht schlafen kann. Wir sehen uns übermorgen. Und der Drummer gehört mir, vergiss das nicht!" Ich lache und verabschiede mich glücklich von ihr. Zwei Tage, dann bin ich nicht mehr alleine...

Kaum sind wir da, wird es stressig. Ich stehe den anderen im Weg herum, weiß nicht, wie und wo ich anpacken darf, bis der Roadie von gestern Abend mir einen Gitarrenkoffer in die Hand drückt und den Weg zur Bühne weist. Als ich wieder zum

Bus gehe, um weitere Teile auszuladen, ist die Band verschwunden. Ich sehe mich um, kein Tom, kein Steve, kein Ossi, kein Patrick weit und breit. Die Roadies kommen zurück, der eine schnauzt mich an, ich solle meinen Arsch bewegen und die Schlagzeugteile auf die Bühne tragen. Mein Gott, sind die drauf. Unsympathisches Pack. Ich schleppe, bis meine Arme zittern, dann frage ich, wo Tom sei. „Im Hotel", werde ich aufgeklärt. Sie werden in ein paar Stunden wieder hier sein, um sich für das Konzert warmzumachen. Währenddessen muss das Schlagzeug aufgebaut werden, die anderen Instrumente angeschlossen werden, die Mikros platziert werden, und und und. Ich darf dabeistehen, Matt, der Typ der mich gestern in die Umkleide gebracht hat, erklärt mir alles und ich verstehe in etwa die Hälfte. Mit der Zeit werde ich es schon hinbekommen. Geschlagene zwei Stunden später steht die Bühne. „Pizza?" fragt Matt. Ich nicke. Endlich was zu essen, ich dachte schon, ich müsse vor Hunger sterben. Er telefoniert, bestellt fünf Pizza und zwinkert mir zu. Ein Festessen.

Es ist nicht dasselbe, das Konzert hinter der Bühne zu erleben. Es ist vor allem nicht mehr dasselbe, wenn man die Nacht zuvor mit dem Sänger geschlafen hat. Es gleicht einem Traum, ihn wenige Meter neben mir so abgehen zu sehen, zu sehen, wie ihn die Mädchen in der ersten Reihe anglotzen und schon von seinem Anblick völlig ausflippen. Ein paarmal sieht er in meine Richtung, wo ich mich brav versteckt halte. Mein Herz setzt dabei jedesmal einen Schlag aus. Ich habe Lust, zu ihm zu rennen, sein schweißnasses Gesicht zu küssen, ihm die Zunge in den Mund zu schieben, ich will ihn... Ich stehe von meinem kleinen Hocker auf, tanze alleine, es ist wie der Trip, den ich vor einigen Wochen mit Nadine erlebt habe. Ich bin geil und mein Herz schlägt im Rhythmus der Musik. Mein Körper wird von einem Autopiloten gelenkt, ich schließe die Augen, denke an die vergangene Nacht mit Tom. Plötzlich wird mir schwindlig, ich renne gegen eine Box, kann mich nicht fangen und falle um.

Dann ist alles schwarz.

Simone

Heute Nacht gegen drei Uhr bin ich aufgewacht und lag alleine im Bett. Chris lag nicht mehr neben mir, ich war einen Moment lang verstört. Dann bin ich in die Küche gegangen, um ein Glas Wasser zu trinken. Er saß im Wohnzimmer auf der Couch, die Augen geschlossen, den Kopf in die Hände gestützt. Ich habe mich ihm leise genähert, mich neben ihn gesetzt, ihn in den Arm genommen. Sein Körper war kalt, er drückte sich an mich. Ich habe ihn lange gestreichelt, ohne auch nur ein Wort zu sagen. Wir haben die Decke über uns ausgebreitet und sind irgendwann ineinandergeschlungen eingeschlafen und wurden schließlich am nächsten Morgen von Alan geweckt. Mit traurigen Augen sah er uns an und fragte, warum wir hier geschlafen haben. Ich konnte es ihm nicht erklären. In völliger Stille haben wir miteinander gefrühstückt, ich weiß nicht, ob ich mehr Tränen oder Kaffee an diesem Morgen heruntergeschluckt habe. Chris ist dann zur Arbeit gefahren, nahm mich vorher fest in den Arm und küsste mich. Ich konnte ihn fast nicht gehen lassen. Er sagte, er würde nur einen halben Tag arbeiten, dann würde er ein paar Tage frei nehmen, so dass wir Nora suchen konnten. Die Stunden vergingen so zäh wie ein alter Kaugummi unter der Schuhsohle.

*

Das Telefon klingelt, ich stürze mich regelrecht drauf. Es ist Nora, mein Gott, endlich. „Nora!" schreie ich fast ins Telefon. „Mama…" Ihre Stimme klingt matt. „Nora wie geht's dir? Ist alles ok? Wo bist du?" „Wir sind unterwegs. Heute Abend sind wir in Mailand." Ich höre, dass sie den Tränen nahe ist. Sie klingt so unendlich müde. „Schatz, was ist passiert? Ich höre doch, dass es dir nicht gut geht." Sie schweigt, ich höre ihren Atem. „Gestern Abend bin ich während dem Konzert umgefallen. Ich weiß nicht warum, ich hatte vorher gegessen und auch getrunken, und die Musik war so cool... Ich wollte tanzen und plötzlich war mir ganz schwindlig und ich bin einfach zusammengeklappt... Es war ganz komisch. Als ob ich plötzlich keine Kontrolle mehr über meinen Körper hätte. Das ist mir noch nie passiert." „Schatz... Komm nach Hause... Du merkst doch selbst, dass das kein Leben für dich ist. Wir sind halb verrückt vor Sorge um dich." Ich höre mich sie anflehen. „Ich kann nicht, Mama. Ich liebe Tom und ich habe versprochen, für ihn zu arbeiten. Wir sind zusammen, verstehst du? Ich habe so lange darauf gewartet, mit ihm zusammen sein zu dürfen, und jetzt sitzt er neben mir und ich bin glücklich... Ich kann nicht heimkommen!" Ihre Stimme überschlägt sich, sie weint heftig. Ich weiß nicht mehr, was ich ihr sagen soll. Ich will sie trösten, doch ich finde die nicht die richtigen Worte. Gleichzeitig will ich sie zusammenstauchen und sie fertig machen, weil sie so verdammt viel Mist gebaut hat. Ich will ihr befehlen, nach Hause zu kommen, in die Schule zu gehen und einfach ein normaler Teenager mit einem normalen Freund zu sein. Doch was sagt man einem unglücklichen Mädchen, das dreihundert Kilometer von zuhause weg ist und neben ihrem Superstar sitzt? Einem Mädchen, das glaubt, das große Glück gefunden zu haben und dabei so kaputt wie selten zuvor ist? Wenn sie schon nach ein paar Tagen so fertig ist, werden sie sie früher oder später wieder loswerden wollen. Und ich glaube nicht an diese große Liebe zwischen Tom und Nora. Rockstars auf Tournee sind andere Menschen als im normalen Leben. Der Erfolg macht sie besoffen, er berauscht sie, doch sobald der Rausch vorbei ist, fallen sie in ein tiefes Loch, vor allem wenn sie noch so jung sind. Und ich will nicht, dass Nora in dieses Loch mit hineingezogen wird. Das hat sie nicht verdient. Minuten später legen wir auf. Ich komme nicht an sie heran, sie ist total verstockt. Mir bleibt also nichts anderes übrig, als einen kleinen Koffer für die bevorstehende Reise nach Mailand zu richten.

Nora

Plötzlich geht es mir besser. Ich habe geweint, als ich Mamas Stimme am Telefon gehört habe, doch nur, weil sie selbst auch geweint hat. Nagut, ich gebe zu, ich habe mit dem Heulen angefangen. Ist ja auch egal. Ich putze mir die Nase, wische die Tränen weg, stehe von meinem Sitz im hinteren Teil des Busses auf, dränge mich an den anderen vorbei und setze mich neben Tom. Er schläft. Vorsichtig berühre ich seine Hand und halte sie fest. Er wacht auf, drückt sie kurz und lässt sie los. „Nicht hier!" zischt er. Ich drehe mich zu ihm, sehe in seine grauen Augen. „Tom... Ich will mit dir zusammen sein... Nicht nur nachts im Hotel. Ich will, dass du mein Freund bist." „Nora, es geht nicht. Ich habe es dir schon erklärt. Hier Freunde, dort Pärchen, ok?" Ich schüttle den Kopf, gar nichts ist ok. Dann stehe ich auf und pflanze mich auf seinen Schoß, nehme seinen Kopf zwischen meine Hände und küsse ihn auf den Mund. „Are you crazy?!" schnauzt er mich an und stößt mich weg. „Mann, was hast du für'n Scheißproblem, Alter?!" schreie ich, rutsche von seinem Schoß und setze mich neben ihn. Die Jungs schauen uns neugierig an. „Glaubst du etwa, du bist die Einzige?" lacht Ossi ein paar Reihen weiter hinten. Tom dreht sich um, streckt ihm den Mittelfinger entgegen. Er lacht wieder, noch lauter und noch fieser. Meine Güte, jetzt haben sie sich wegen mir in der Wolle. Ich hätte nicht gedacht, dass sie so anstrengend wären. Angepisst stehe ich auf und setze mich wieder auf meinen alten Platz. Er soll es heute Nacht gar nicht erst bei mir probieren, ich werde mit Nadine in einem Zimmer schlafen, sie hat ja auch schon reserviert, ich muss also nicht bei ihm betteln. Vorhin hat sie mir geschrieben, dass sie auf dem Weg sei. Wir treffen uns heute Abend um acht vor dem Konzert, dann nehme ich sie mit hinter die Bühne und anschließend machen wir in Mailand einen drauf. Und Tom kann mich mal, es sei denn, er entschuldigt sich bei mir. Den Rest der Fahrt verbringe ich schweigend und mit Kopfhörern auf den Ohren. Übrigens höre ich nicht die Musik von Die Young, er soll sich bloß nichts einbilden. Gegen achtzehn Uhr stehe ich mit den anderen Roadies vor dieser riesigen Konzerthalle in Mailand, sie ist wirklich beeindruckend. Wer weiß, wie viele tausend Leute heute Abend hier sein werden. Dieses Mal schaffe ich es, ein wenig mehr mitzuhelfen, ohne ständig von Matt und seinen Leuten angerempelt und zurechtgewiesen zu werden. Im Gegenteil, er ist sogar richtig nett zu mir, bittet mich hier und da um Hilfe und zwinkert mir immer wieder zu. Er scheint ein witziger Typ zu sein, ganz anders als in den vergangenen Tagen.

*

Nadine steht vor mir. Sie grinst mich an, wir liegen uns glücklich in den Armen. Es tut so gut, sie zu spüren, ihre fröhliche Stimme zu hören, endlich jemanden zu haben, dem ich blind vertrauen kann. Ich weine fast vor Glück. Wir sprudeln über vor Neuigkeiten, wir schaffen es gar nicht, uns vor Konzertbeginn alles zu erzählen. Einen Moment lang vergesse ich all den Frust mit Mama und Papa und die dumme Szene mit Tom im Tourenbus. Arm in Arm gehen wir hinter die Konzerthalle, vor der Tür steht Matt mit seiner Crew, sie kiffen. Der süßliche Grasgeruch steigt mir schon in die Nase, als wir noch fünfzig Meter von ihnen entfernt sind. Ich winke Matt zu, er ist breit wie eine Flunder. „Hey Nora… alles klar, Baby?" fragt er lächelnd und zieht mich an sich. Nadine steht unschlüssig neben mir. „Und wer ist die Süße?" „Hi, ich bin Nadine." Er nimmt sie in den Arm und lacht. Mein Gott, er hatte scheinbar echt ein paar Joints zu viel heute, aber irgendwie ist er auch süß, wenn er so stoned ist. Nadine ist ein wenig schüchtern, ich nehme ihre Hand, ziehe sie von ihm weg. „Hey", sagt Matt, „Aber sie will doch nicht auch noch Backstage gehen, oder? Ich krieg Trouble wenn ich euch alle hinten reinlasse." „Keine Sorge, sie kommt mit mir." entgegne ich. „Was glaubst du eigentlich, dass du hier nach und nach alle möglichen Leute anschleppen kannst, bloß weil du nachts mit Tom fickst?!" Ich kann nicht glauben, dass er das gesagt hat. Bis gerade eben schien er noch so nett. Ich stehe mit offenem Mund vor ihm. Ich weiß nicht, was ich antworten soll. Plötzlich tritt Nadine vor, geht auf Matt zu und scheuert ihm vor versammelter Mannschaft eine. So kräftig, dass er sich um die eigene Achse dreht. Ich bin völlig versteinert, was passiert hier? „Rede nie wieder so mit ihr, verstanden? Und wenn sie mit Tom fickt, ist das nicht dein Problem, kapiert?" Wow, sie schreit richtig. Ich fasse es nicht. Ich ziehe sie weg, ihre blauen Augen sind schwarz vor Zorn. „Nadine lass es, er ist so dicht, dass er nicht checkt was er sagt, scheiß auf ihn... Komm, wir sehen uns das Konzert vor der Bühne an, ist ja egal. Wir brauchen ihn nicht. Wir brauchen niemanden, komm..." Wir lassen sie stehen, stellen uns in die Schlange und betreten die Halle. Sie ist seit einer halben Stunde offen und bereits gesteckt voll. Wir halten uns an der Hand, um uns in der Menge nicht zu verlieren. Ich sehe die Enttäuschung in Nadines Augen, sie wollte unbedingt Steve kennenlernen, doch das muss wohl warten. Wir bahnen uns den Weg bis vor die Bühne, ich sehe auf die Uhr, noch eine Viertelstunde, dann fängt das Konzert an. Ich versuche immer wieder, einen Blick hinter die Bühne zu werfen, aber von den Roadies ist niemand zu sehen. Sicher, sie sind jetzt alle in den Umkleidekabinen und lassen sich volllaufen. Ihre Arbeit ist schließlich erstmal getan. Die Band bleibt zwei Abende in Mailand, daher muss nach dem Konzert nicht mal abgebaut werden. Heute Nacht, hat Tom mir gesagt, findet eine Afterparty in einem Club in der Nähe der Konzerthalle statt. Er meinte, ich solle mit Nadine dorthin kommen, er wolle uns zeigen, wie man richtig feiert. Und ich solle mich warm anziehen, das sei nichts für kleine Mädchen. Plötzlich quietscht Nadine neben mir, ist völlig außer sich. „Nora, da ist Matt, schau mal, da hinten!" Ich sehe ihn im Halbschatten, er winkt uns zu, wir sollen hinter die Bühne kommen. Ich ziehe Nadine hinter mir durch die Menge, wir verlassen die Halle und suchen den Hintereingang. Doch besonders weit kommen wir nicht, als wir vor der Tür zu den Umkleiden stehen, stellt sich uns einer der Rausschmeißer in den Weg. „Was wollt ihr hier? Die Tür ist da vorne." Ich erkläre ihm, dass ich zur Crew gehöre und da rein muss. „Vergiss es... wo ist dein Ausweis?" Ich habe keinen Ausweis. Ich blicke Nadine verzweifelt an. „Hey", sagt sie leise, geht auf den Typen zu und blinzelt ihn an. „Was müssen wir denn tun, um da rein zu kommen? Weißt du, ich wäre mit meiner Freundin gerne ein paar Minuten alleine, bevor das Konzert steigt, und hier draußen haben wir zu viele Zuschauer." Mein Gott, dieser Trick funktioniert wirklich bei allen Männern. Der Kerl schaut uns schon etwas netter an. „Wieso, was habt ihr denn vor?" fragt er. „Naja", antwortet sie und geht langsam auf mich zu und streicht mir über die Haare. „Wir wollten uns ein bisschen warm machen vor dem Konzert..." Dann küsst sich mich auf die Lippen und flüstert, „Los, mach mit, wir haben ihn gleich so weit, in ein paar Minuten verschwindet er und holt sich einen runter!" Ich unterdrücke ein lautes Lachen, öffne meinen Mund und knutsche mit meiner Freundin vor dem glotzenden Ordnungshüter. „Ja ja, schon okay, geht ruhig rein, ich hab's kapiert..." Freundlich und mit feuchten Augen öffnet er uns die schwere Tür, die uns hinter die Bühne und zu den Umkleidekabinen führt. Matt kommt uns entgegen. Er sieht mich schuldbewusst an. „Hey Nora… Sorry wegen vorhin… es war nicht so gemeint…" „Schon okay", entgegne ich ihm knapp. „Sind sie schon auf der Bühne? Nadine wollte zu Steve…" „Ja sie sind schon draußen… Aber kommt mit mir, ich bring euch hinter die Bühne. Nach dem Konzert sind wir in dem Club, ihr kommt doch mit, oder?" Was denkt der Typ eigentlich, dass wir uns das entgehen lassen?

Nadine ist nicht mehr zu bremsen. Sie rockt wie selten. Ihre schwenkt ihre superlangen schwarzen Haare im Rhythmus der Musik, scheint völlig in Trance zu sein. Ich beobachte ihre Bewegungen, sie tanzt, als hätte sie in ihrem Leben nie etwas anderes getan. Ich halte mich etwas zurück, ich habe keine Lust, noch einmal ohnmächtig zu werden und hinter der Bühne wieder aufzuwachen. Wer weiß, warum ich umgefallen bin. Vielleicht hat mir ja jemand was in die Cola gemixt, erst hat es sich angefühlt wie ein Megatripp, dann plötzlich war mir schwindlig und ich bin zusammengebrochen. Immer wieder schreit Nadine mir ins Ohr, wie geil sie Steve findet. Ich beobachte Tom, doch er würdigt mich keines Blickes. Klar, er weiß ja nicht mal, dass wir hier sind. Er ist ein Gott auf der Bühne. Seine Stimme, die diese düsteren Lieder so sanft singt, ich schmelze Song für Song dahin. Er gibt alles, ist völlig in seinem Element, ab und zu sehe ich das Blitzen in den grauen Augen, er schwitzt, seine Muskeln sind angespannt, nur selten lächelt er oder sieht einem der Mädchen in der ersten Reihe in die Augen. Ich muss gegen die Eifersucht ankämpfen, als er ein paar Hände abklatscht, dann denke ich an die vergangenen Nächte, die wir miteinander verbracht haben, ich denke an seinen Körper, seine Berührungen und beruhige mich. „Hey Süße, was ist denn mit dir?!" holt Nadine mich aus meinen Gedanken. „Nichts...", schreie ich gegen den Konzertlärm an, „Bin ein bisschen müde heute Abend." „Komm, damit wirst du wieder fit!" Sie kramt in ihrer Hosentasche, stopft sich eine Tablette in den Mund, zieht mich hoch und küsst mich. Ihre Zunge schmeckt ein wenig bitter und ich spüre, wie die Tablette in meinen Mund wandert. Ich verziehe das Gesicht. „Was war das?" „Ach nichts, nur ein bisschen Ex, damit du wieder wach wirst."

Wow. Was für eine Wirkung. Ich kann mich nicht mehr auf dem Hocker halten, alles wird plötzlich so intensiv. Die Musik, der Bass aus den Boxen, die neben mir stehen, Toms Stimme, Nadines Körper, der sich an meinem reibt, die Scheinwerfer, der Bühnennebel, alles scheint völlig surreal. Sie grinst mich an, ihre Pupillen sind riesig. Immer wieder küssen wir uns, ich kann kaum genug von ihren Lippen bekommen. Belustigt frage ich mich, in wen ich eigentlich mehr verliebt bin, in Nadine oder Tom? Bei dem Gedanken, vielleicht die Nacht mit beiden verbringen zu dürfen, wird mir noch heißer. Zwei Stunden und sieben Zugaben später verlassen wir die Bühne. Die Jungs spurten in die Umkleide, wir lassen uns Zeit, kichern wie die Hühner über unser Techtelmechtel auf der Bühne. „Ich will jetzt aber zu Steve…" jammert

Nadine. Ich klopfe an die Tür, hinter der ich die Band vermute. Tom macht die Tür auf. „Hi Tommy…" „Du bist gefeuert." antwortet er ohne Umschweife. Ich bin baff. „Wieso?" frage ich ihn. „Mann, Nora, du kannst nicht einfach Leute anschleppen und mit hinter die Bühne schleifen. Wir sind kein Auffanglager für Groupies. So sorry, aber das geht nicht. Du bist draußen." „Aber… Tom… Ich…" Rums, die Tür ist zu. Ich trete mit dem Fuß dagegen. „Fuck you!! So kannst du nicht mit mir umgehen, du Arschloch! Mach sofort die Scheißtür auf!" Die Tür geht wieder auf, Tom kommt heraus. Sein grauer Blick ist zornig. „Nora, figure it out. It's over. Du bist süß, aber für diese Arbeit bist du einfach noch zu jung. Tut mir leid, wenn du dir da Hoffnungen gemacht hast, aber so funktioniert das nicht." „Und was ist mit uns?" brülle ich.

„Du hast mit mir geschlafen, Tom Owens. Erinnerst du dich daran? YOU FUCKED ME!"

„Ja, ich weiß das, aber so ist das Leben. Mach's gut, Nora Dark." Er macht einen Schritt auf mich zu, will mir scheinbar einen letzten Kuss geben. Ich hole aus, um ihm eine zu kleben. Leider ist er schneller und pariert mit dem Arm. Meine Hand knallt gegen seine Elle. Gott, wie sehr ich ihn hasse. Sein Mund zuckt, einen Moment lang scheint er seinerseits versucht, mir eine zu scheuern, dann überlegt er es sich anders, dreht sich auf der Stelle um und verschwindet in dem Raum. Meine Welt, mein Traum bricht in sich zusammen wie ein Kartenhaus. Ich drehe mich zu Nadine um, sie nimmt mich in den Arm, ich schluchze laut auf. Sie hält mich und ist wie immer viel, viel stärker als ich.

Simone

Dreihundertundsieben wortlose Kilometer. Wir schaffen es nicht, miteinander zu sprechen. Angst und Wut zerfressen uns. Ich drehe die Musik lauter. „Wo genau müssen wir rausfahren?" brummt Chris. „Mailand Nord, von dort aus sind es noch zwanzig Kilometer. In einer halben Stunde sind wir dort. Wie lange gehen diese Konzerte?" frage ich und sehe in die Nacht hinaus. „Ich schätze mal, sie haben um neun angefangen. Normalerweise dauern die Konzerte etwa drei Stunden, sicher ist es um Mitternacht zu Ende. Wir kommen also genau rechtzeitig dort an." Ich sehe auf die Uhr, es ist viertel nach elf. Wir hätten schon viel früher losfahren sollen, doch wir sind erst um kurz nach sechs weggekommen. Alan musste wieder zu Paul verfrachtet werden. Ihm zu erklären, dass wir seine große Schwester suchen würden, war nicht einfach. Er weinte, dachte, sie nie wieder zu sehen, und ich konnte ihn nur schwerlich trösten. Zudem hatte er sich in der Schule mit einem älteren Schüler angelegt, das heißt, ich musste am Nachmittag auch noch die aufgebrachte Lehrerin beschwichtigen. Es war ein einfacher Streit zwischen zwei Jungs, der nach Schulschluss mit den Fäusten ausgetragen werden musste. Es gibt doch nun wirklich Schlimmeres, wollte ich schon die Lehrerin zurechtweisen. Zum Beispiel, wenn das andere Kind wegläuft und plötzlich einen auf Groupie machen will. Doch ich habe wohlweislich meine Klappe gehalten. Zumal ich sie in meiner Not bereits krank gemeldet hatte. Chris hat den halben Nachmittag damit verbracht, Nachforschungen über die Die Young zu betreiben, hat seine alten Bandkollegen der

Reihe nach angerufen, gefragt, ob sie diese Jungs aus England kennen, die da gerade durch Italien touren und was das für Typen seien. Viele Infos konnte er nicht einholen, doch sein Verdacht, dass sie sich neben ihrer Metalmusik auch der schwarzen Magie verschrieben hatten, schien sich zu bestätigen. Insgesamt war das alles ziemlich beunruhigend und ich wollte mir lieber keine genauen Vorstellungen davon machen, in welchem Zustand wir unser Töchterchen in ein paar Stunden – hoffentlich – auffinden würden.

Die Konzerthalle ist schnell gefunden, doch das Gelände ist bis auf ein paar wenige Besucher bereits wie ausgestorben. Wir drehen eine Runde um das Gebäude, es ist kein Tourenbus zu sehen, nur ein paar Sprinter stehen herum. Wir treffen auf keine Roadies und vor allem nicht auf Nora.

Ich hatte es mir vermutlich zu einfach vorgestellt. Ich versuche es auf ihrem Handy, Mailbox. Chris parkt das Auto, schließt die Augen, lehnt sich im Fahrersitz zurück. Er ist fix und alle. „Ich rufe die Polizei an." „Was sollen die denn ausrichten?" frage ich, „Sie ist volljährig, nach dem Gesetz kann sie tun und lassen was sie will." „Ich weiß nicht weiter..." sagt er völlig resigniert. „Wo seid ihr denn immer nach den Konzerten hingegangen? Ins Hotel? In eine Bar? Überleg doch mal..." „Normalerweise steigt nach so einem Gig noch irgendwo eine Party, ins Hotel geht man eher am Morgen, aber wir können auch nicht alle Clubs in der Gegend abklappern, vergiss es..." „Ich versuche es bei Nadine. Vielleicht weiß sie ja was." Trotz der späten Stunde wähle ich ihre Nummer, bei ihr geht ebenfalls die Mailbox dran.

„Nichts. Was machen wir? Nehmen wir ein Hotel und versuchen es morgen Abend wieder? Soweit ich weiß sind sie ja zwei Abende hier, oder?" Chris nickt. „Uns bleibt wohl nichts anderes übrig. Sofern sie überhaupt noch mit der Gruppe unterwegs ist." „Heute am Telefon klang sie noch ziemlich überzeugt, dass sie bei ihnen bleiben würde." Er wendet den Wagen, wir entfernen uns von der riesigen Halle und steuern den nächsten Hotelklotz an. Der Pförtner bittet uns um die Ausweise, wir bezahlen im Voraus. Einen Moment lang starre ich Löcher in die Luft, ich bin entnervt, ich habe einfach keine Kraft mehr. Plötzlich stubst Chris mich an, macht mich auf einen kleinen Monitor aufmerksam, der auf dem Schreibtisch hinter dem Tresen steht. Zwei Personen verlassen gerade das Hotel durch den Hinterausgang. Es sind zwei

Mädchen. Beide haben lange, dunkle Haare, doch man sieht sie nur von hinten. Ich starre ihn ungläubig an. „Du glaubst doch nicht, dass sie das sind?" „Keine Ahnung, bleib hier, ich verfolge sie." „Nein, ich komme mit." Wir schmeißen unser Gepäck in eine Ecke, der Pförtner schaut uns verdattert und kopfschüttelnd hinterher, als wir das Hotel durch den Hinterausgang wieder verlassen. Niemand weit und breit zu sehen. „Sie können noch nicht weit sein. Komm, hier lang." Ich versuche, mit ihm Schritt zu halten. Ein paar hundert Meter weiter sehen wir die beiden Mädchen, sie gehen eng umschlungen auf dem Gehweg. Doch keine von ihnen ist Nora. Beide tragen schwarze Kleidung und Springerstiefel. „Wir bleiben an den beiden dran." beschließt Chris. „Die scheinen zumindest dieselbe Musik zu hören... vielleicht führen sie uns ja zu ihnen. Die waren hundertprozentig bei dem Konzert heute Abend. Und sicher wollen sie die Party mit der Band genauso wenig verpassen wie wir." Wir jagen durch die nächtliche Peripherie Mailands den Mädchen in sicherem Abstand hinterher. Etwa zehn Minuten später sehen wir sie in einem abbruchreifen Haus verschwinden, vor dem eine Horde Jugendlicher herumlungert. Sie tragen allesamt schwarze Kleidung, sind stark geschminkt, schauen uns an, als wären wir Außerirdische. „Da können wir nicht rein… Glaubst du wirklich, sie ist auch dort?" frage ich Chris leise. Plötzlich geht ein Kreischen durch die Menge. Ein junger Kerl kommt aus der Tür, ich erkenne ihn wieder, das ist Tom Owens. Der Tom, in den Nora so schrecklich verknallt ist und von dem sie behauptet, dass er ihr Freund sei. „Ist er das?" meint

Chris. „Ich denke schon… willst du ihn ansprechen?" Da ist er auch schon wieder in der Spelunke verschwunden. „Los komm, wir gehen hinterher. Ist mir scheißegal, ob ich denen passe oder nicht. Ich hole Nora nach Hause und Basta." Ich willige ein, etwas unsicher betrete ich hinter ihm den Schuppen. Rotes Licht und heftige Bässe empfangen uns. Eine enge Wendeltreppe führt uns zu einer Bar und in eine kleine, völlig übervölkerte Diskothek. Die Spur von Tom haben wir verloren. Ich schaue mich um, sehe aber nur in dem Licht zuckende Körper, will Chris etwas zuschreien, doch ich verstehe nicht mal mein eigenes Wort. Ein junger Kerl rempelt mich an, sein Drink landet nach dem unabsichtlichen Aufprall auf dem Boden. Er schnauzt mich auf Englisch an, ich kläffe in derselben Manier zurück, er hebt beschwichtigend die Hände und will sich schon schleichen. In dem Moment erkenne ich ihn als den Gitarristen der Band wieder. Ich halte ihn am Ärmel fest, er dreht sich zu mir um, grinst. „Patrick, right?" schreie ich. „Right… You want a drink? Drugs? Sex?" Ich winke lächelnd ab, netter Versuch. „No, thanks, just Rock'n Roll. You know Nora?" „Yes… why?" Scheisse, er darf nicht Lunte riechen, dass ich ihre Mutter bin. Ich sehe mich nach Chris um, er ist in der Menge verschwunden, keine Spur von ihm. „I need to see her… You know where she is?" „No idea, haven't seen her since the concert. I think she was kicked off…" Wie bitte, sie haben sie rausgeschmissen? Ich danke Patrick und suche Chris in dem Gedränge. Ich boxe mich durch und finde eine Treppe, die Richtung Keller führt. Der Bass wird leiser, das Licht ist plötzlich grell. Endlich kann ich ihn entdecken. Er kauert vor einer verschlossenen Tür, schaut angestrengt durch das Schlüsselloch. „Schatz?" flüstere ich. „Komm her", antwortet er, winkt mich zu sich. „Dachte ich es mir doch... Da drin findet die eigentliche Party statt..." brummt er. „Was meinst du mit der *eigentlichen* Party?" „Schau es dir selbst an. Lauter kleine Geisterbeschwörer. Sie machen sich gerade mit Gläserrücken warm." Was ich durch dieses winzige Loch in der Tür beobachten kann, jagt mir kalte Schauer über den Rücken. Etwa zehn junge Menschen, die im Kerzenschein eine Art Dämonentreffen abhalten. Einige von ihnen sitzen in einem Kreis, rücken ein Glas, sprechen verschwörerisch auf einen Geist ein, als wäre er mitten unter ihnen, sie scheinen völlig von dieser Welt entfremdet. Sie haben bierernste Mienen bei diesem seltsamen Spiel. Ein Grüppchen sitzt in einer Ecke, ich kann drei Jungs und zwei Mädchen erkennen. Sie knutschen und rauchen, betatschen sich gegenseitig, einer greift alle paar Minuten zur Whiskeyflasche. Ich nähere mich etwas mehr dem Schlüsselloch, als ich plötzlich einen kalten Windzug spüre. Ich zucke zurück, sehe Chris an, der sich auf die Treppenstufen gesetzt hat. „Hast du mich angepustet?" Er schüttelt den Kopf. „Nein, wieso?" „Da war so was Kaltes auf einmal. Egal. Ich kann Nora nirgends entdecken. Sollen wir da reingehen?" „Besser nicht, ich will nicht, dass sie uns danach buchstäblich zur Hölle schicken. Gehen wir. Sie ist nicht hier." Schon wieder diese Manie, den Teufel nicht beim Namen nennen zu wollen. Ich kann mit diesem Unfug nichts anfangen, ich will nichts von diesen Dämonen wissen, sondern einfach nur rausfinden, wo meine Tochter steckt. Zum Teufel noch eins. „Schatz," versuche ich es erneut und verschaffe mir diesmal etwas mehr Gehör, „Sie haben Nora gefeuert." „Was meinst du mit gefeuert?" fragt er und sieht mich mit großen Augen an. „Ja, als du verschwunden warst, habe ich aus Versehen Patrick Seeler angerempelt und er hat mir gesteckt, dass sie Nora aus der Truppe geschmissen haben. Allerdings denke ich, dass sie sicher noch morgen Abend abwarten wird. Bei ihrem Dickschädel wird sie sicher alles geben, um wieder dabei sein zu dürfen." „Sicherlich", ist seine Antwort. „So schnell lässt sie sich nicht abwimmeln. Warten wir das Konzert morgen ab."

Nora

Das war's, aus der Traum. Wir stehen verloren hinter der verlassenen Konzerthalle und rauchen die letzte Kippe. Ich habe aufgehört zu flennen, es bringt sowieso nichts. Nadine war zunächst stinksauer, dann traurig, jetzt kickt sie Steinchen mit dem Fuß weg, ein Zeichen, dass sie sich beruhigt hat. „In welchem Hotel hast du gebucht?" frage ich sie. „In gar keinem. Ich wollte buchen, aber mein Geld hat nicht gereicht. Und leihen konnte ich mir auch keines. Außerdem dachte ich ja, dass wir die Nacht ohne Weiteres mit den Jungs verbringen können. Fuck…" Ich zucke mit den Schultern. „Und wo schlafen wir jetzt? Ich hab auch nicht genug Geld für ein Hotel…" „Keine Ahnung. Es ist ja nicht so kalt, wir können ja auch hier draußen…" „Nee, das ist scheiße… Sicher gibt es hier haufenweise Triebtäter, wir sollten uns lieber einen Unterschlupf suchen. Komm, wir gehen eine Runde, vielleicht ist ja irgendwo eine Tür offen…" Wir probieren jede einzelne Tür aus, doch sie sind allesamt verrammelt. Nach zehn Minuten befinden wir uns wieder auf dem Parkplatz, auf dem sonst der Tourenbus parkt. Drei Sprinter, in denen normalerweise die Instrumente und Mikros hin- und herkutschiert werden, stehen herum. „Lass uns doch mal da reinschauen, heute Abend wurde ja nicht abgebaut, vielleicht…" Ich versuche mein Glück bei dem ersten Wagen, tatsächlich geht die Schiebetür auf. Matt hat wohl vergessen, ihn abzusperren. Er ist einfach zu bekifft für diese Welt. Der Wagen ist leer, nur ein Stapel Umzugsdecken liegt in einer Ecke. „Hey", zische ich Nadine zu, „Komm, hier ist Platz!" Sie positioniert unsere

Rucksäcke, steigt ein und grinst zufrieden. „Schade, dass wir keinen Autoschlüssel haben, ich hätte Lust auf eine Spritztour!" „Du hast doch gar keinen Führerschein!" bemerke ich. „Du Spießerin, erst haust du ab, dann machst du den Groupie, nimmst Ecstasy bei einem Metalkonzert und dann meckerst du wegen dem Führerschein??" Ich muss kichern. Wir legen die Decken aus, bereiten uns ein warmes Lager und decken uns bis zu den Nasenspitzen zu. Mein Magen knurrt, ich habe Kohldampf. Das liegt sicher an der Scheißtablette, die Nadine mir während dem Konzert gefüttert hat. Außerdem sterbe ich vor Durst. „Hast du Wasser dabei?" frage ich. Sie setzt sich auf, kramt in ihrem Rucksack und zaubert tatsächlich eine Tafel Schokolade und eine Flasche Wasser hervor. Dankbar nehme ich die Notration entgegen. „Morgen gehen wir in Mailand frühstücken. Cappuccino und Brioche… versprochen!" sagt sie liebevoll und lächelt mich an. Zufrieden nicke ich. Plötzlich werde ich traurig. Ich hatte mir alles so einfach vorgestellt. Ich dachte, die Welt empfängt mich mit offenen Armen. Doch die einzige, die mich bisher umarmt hat, war Nadine. Der Rest ist einfach nur richtig scheiße gelaufen. Wie es wohl Mama und Papa geht? Ob sie wohl zuhause sind und mich hassen? Oder haben sie schon die Polizei angerufen und lassen mich suchen? Ich wollte nicht, dass sie vor Sorge kaputt gehen. Ich wollte sie nicht verletzen. Einen Moment überlege ich, wie es wohl wäre, jetzt einfach wieder nach Hause zu kommen, Papas köstliches Abendessen essen zu dürfen, dass er uns fast jeden Abend zubereitet hat. Warm zu duschen und saubere Klamotten anziehen zu dürfen.

Mit Mama auf dem Sofa zu faulenzen und einen Film anzuschauen. Selbst Alan, diese kleine nervige Kröte, fehlt mir. Aber ich darf jetzt nicht aufgeben. Ich werde schon ein neues Zuhause finden und dann lebe ich mein eigenes Leben. „Bleibst du bei mir?" frage ich Nadine. Sie sieht mich lange an. Eine Antwort bleibt sie mir schuldig. Wahrscheinlich weiß sie es selbst nicht, und wahrscheinlich hat sie dasselbe beschissene Heimweh wie ich selbst.

Ich werde von einem Rütteln und Motorengeräusch wach. Scheiße, wir fahren. Ich versuche, mich vorsichtig zu bewegen, meine Knochen tun tierisch weh, doch wenigstens ist es warm. Ich schlage die Decke ein paar Zentimeter weg, Nadine schläft tief und fest. Ich stupse sie an, sie blinzelt und ist plötzlich hellwach. Ich lege den Zeigefinger auf meinen Mund, beschwöre sie, still zu sein. Sie nickt langsam. Wir verständigen uns mit Zeichensprache, wie in der Schule. Kein Wort kommt über unsere Lippen. Die Fahrt scheint ewig zu dauern, immer wieder sehe ich auf die Uhr, es ist sechs Uhr morgens. Irgendwann halten wir, sicherlich sind wir an einer Tankstelle. Der Fahrer – oder sind es mehrere? – hält an, schließt die Tür hinter sich ab. Wir können nicht einmal herausfinden wo wir sind, der Sprinter hat im hinteren Teil des Wagens keine Fenster. Wir versuchen es mit dem Navigations-App unserer batterieschwachen Handys. Gott sei Dank haben wir Empfang, wir sind auf der Autobahn zwischen Mailand und Venedig. Was will der Typ hier? Hat er den Wagen etwa gestohlen? Die Fahrertür geht auf, wir verkriechen uns wieder unter den Decken, sind mucksmäuschenstill. Der Fahrer scheint allein zu sein, er stellt das Radio an, so können wir zumindest leise miteinander sprechen. „Und wenn wir ankommen? Sie werden uns entdecken… Scheiße, ich hab Angst…" jammere ich. „Uns wird schon was einfallen… Es bringt nichts, wenn wir uns jetzt schon in die Hosen machen…" Nadine streichelt mir über die Wange. Ich nehme ihre Hand. Sie ist eiskalt. „Vielleicht sollten wir irgendjemanden zu Hilfe holen…" schlage ich kleinlaut vor. „Und wen bitteschön? Willst du die Polizei rufen? Das geht nicht, die wissen sicher von uns, dass wir abgehauen sind und fahren uns schnurstracks wieder nach Hause. Uns wird schon was einfallen." antwortet Nadine. Sie denkt fieberhaft nach. „Hey", meint sie plötzlich, „Wir rufen David an!" „Spinnst du? Ich hab erst vor zwei Tagen mit ihm Schluss gemacht. Wenn er von mir hört, bewegt er sich keinen Zentimeter weit." Ich zeige ihr einen Vogel. „Ach was, so sehr wie er in dich verliebt ist, setzt er bestimmt Himmel und Hölle in Bewegung um uns aus dem Schlamassel wieder rauszuholen. Mach dir keinen Kopf!" winkt sie ab und zückt ihr Handy. „Scheiße… keinen Akku mehr…" Bei dieser Nachricht treten mir die Tränen in die Augen. „Ich auch nicht… Versuch, es aus- und wieder anzuschalten… Oft erholt sich die Batterie nach einer halben Stunde ein wenig." „Ok", sagt Nadine und drückt den Ausknopf. Wir sind von der Außenwelt abgeschnitten.

Simone

Nora ist nirgendwo zu finden. Wir müssen bis morgen Abend warten, bis das nächste Konzert steigt. Niedergeschlagen verlassen wir die Partyhölle und gehen zum Hotel zurück. Chris nimmt meine Hand, dann zieht er mich an sich. „Wir finden sie schon. Morgen ist sie wieder bei uns. Alles wird gut, Schatz. Versprochen." Ich bleibe stehen. „Und wenn sie nicht mehr nach Hause will? Wir können sie doch nicht dazu zwingen, sie würde nur wieder abhauen. Ich halt das nicht mehr aus, ich…" „Hey, komm her… Sie will ganz sicher nach Hause kommen, sie hat bestimmt Heimweh. Im Moment will sie das nur nicht einsehen. Aber sobald sie uns sieht, wird ihr sicher bewusst, wie sehr ihr ihr Zuhause eigentlich fehlt. Komm jetzt, wir gehen schlafen. Morgen müssen wir ausgeruht sein."

Wieder im Hotel entschuldigen wir uns bei dem Pförtner für unser unkonventionelles Benehmen und beziehen das Zimmer. Ich putze mir notdürftig die Zähne und falle ins Bett. Keine fünf Minuten später liegt auch er neben mir, wir versuchen, zu schlafen, doch es gelingt uns einfach nicht. Zu viele Sorgen liegen unter dieser Bettdecke. „Schlaf mit mir…" bitte ich ihn leise. „Ich kann nicht. Ich bin müde." Ist seine Antwort und er dreht sich um. Ich rücke nah an ihn heran, vergrabe mein Gesicht in seinen Haaren. Mit der Hand streichele ich seine nackte Brust, er schaudert. Ich suche an seinem Hals nach dem Kettchen, finde es, spiele daran. Ich küsse seine Schulterblätter, streiche über seinen Bauch, spüre, wie er ihn einzieht. „Nicht…" ermahnt er mich. „Ich brauche dich. Bitte." antworte ich. Er nimmt meine Hand, hält sie fest. Meine andere Hand ist frei, ich berühre seinen Hintern, fahre den Bund seiner Unterhose nach, kitzele seine Hüften ein wenig, dann arbeite ich mich nach vorne, bearbeite ihn mit sanftem Druck. Er stöhnt leise. „Ich habe Nein gesagt." wiederholt er. „Und ich höre nicht auf dich... Schlimm, oder?" sage ich. Er lacht leise. „Sehr schlimm. Böses Mädchen. Mach nur weiter so." Ich massiere ihn, seine Drohung ist mein Befehl. Irgendwann befreie ich ihn von der Unterhose, schlüpfe unter die Decke und überzeuge ihn mündlich. Ich höre sein unterdrücktes Stöhnen, das noch von der Decke gedämpft wird. „Basta, hör auf, bitte..." Wieso klingt er so verzweifelt? Ich lasse von ihm ab, tauche unter der Decke hervor. Er funkelt mich an, er sieht regelrecht wütend aus. Ich weiß nicht, wie mir geschieht, als er mich plötzlich auf das Bett drückt, meine Unterhose herunterreißt und fast mit Gewalt in mich eindringt. Er stößt mich zehnmal, mein Kopf knallt dabei gegen die Bettkante, ich versuche, ihn zu etwas mehr Zärtlichkeit zu bewegen, doch er ist zu wütend. Ungewollte Tränen fließen, als er fertig ist. Ich verlasse wortlos und verletzt das Bett und schließe mich im Bad ein, wasche mich und lecke meine unsichtbare Wunde. Er klopft an die Badtür. „Schatz... Tut mir leid, komm raus, bitte... Ich wollte dir nicht wehtun..." Ich schlucke den Frust herunter. „Ist schon ok... Ich komme gleich. Ich brauch nur ein paar Minuten für mich. Geh schlafen." „Mach bitte die Tür auf." Ich wische mir die Tränen aus dem Gesicht, öffne die Tür. Er steht vor mir, ist völlig geknickt. „Ich hab dir wehgetan. Entschuldige bitte. Ich bin so wütend, aber sicher nicht auf dich. Ich wollte es nicht an dir auslassen, es hat mich überkommen, ich konnte nichts dagegen machen..." Ich streiche ihm über die Schläfe. „Mach dir keine Sorgen, ich hätte dich in Ruhe lassen sollen. Du hast mich gewarnt."

Erst morgens um drei Uhr falle ich in einen fiebrigen, zerrissenen Schlaf. Ich träume von Nora, die Teufelsbeschwörungen beiwohnt und spüre immer wieder diesen kalten Luftzug in meinem Gesicht, der mich überrascht hat, als ich durch das Schlüsselloch geguckt habe. Im Traum sehe ich sie zwischen schwarz geschminkten Männern, die sie herumschubsen und sie küssen wollen. Sie berühren sie, reden in gemischten Sprachen auf sie ein, ihr Blick ist verzweifelt. Schweißgebadet wache ich davon auf, dass Chris meine Hand streichelt. „Maus... wach auf...", flüstert er. Ich sehe ihn an, mein Herz klopft, als wolle es zersprengen. „Gott bin ich fertig. Was für ein Traum... Ich hoffe, das hat bald ein Ende..." stöhne ich und setze mich auf. „Komm, es ist acht Uhr. Wir gehen frühstücken und machen einen Schlachtplan. Und heute Abend sitzen wir zu dritt im Auto nach Hause." Sein Wort in Gottes Ohr.

„Also, als erstes rufen wir die Polizei an und melden sie als vermisst. Wenn sie nicht mehr bei der Gruppe ist, kann sie inzwischen sonstwo gelandet sein. Trotzdem warten wir hier ab, ob sie nicht doch wieder zu dem Konzert auftaucht. Dann werden wir nach dem Hotel suchen und versuchen, an die Band heranzukommen, vielleicht wissen sie ja, wo sie hingegangen sein könnte. Und dann sehen wir weiter. Nach dem Frühstück fahren wir nochmal zur Konzerthalle, vielleicht ist ja irgendeiner von den Roadies dort, um die Instrumente nachzustellen, dann können wir dort noch ein paar Nachforschungen anstellen." „Ok. Wir finden sie doch, oder?" flehe ich ihn an. „Natürlich finden wir sie. Probier nochmal, sie anzurufen." Ich nehme mein Telefon heraus, kann jedoch weder sie noch Nadine erreichen. Beide haben das Telefon ausgeschaltet. „Und wenn ich es bei David versuche?" frage ich unsicher. „Ich dachte, die beiden haben Schluss gemacht... Nee, lass mal, der weiß sicher nichts."

Nora

Der Wagen hält. Inzwischen ist es acht Uhr morgens. Ich halte die Schmerzen in meiner Blase kaum mehr aus, ich muss seit Stunden auf die Toilette. Die Fahrertür wird zugeschmissen, wir befürchten schon, gleich entdeckt zu werden, doch nichts passiert. Wir warten ein paar Minuten ab, dann wagen wir es, die Schiebetür aufzumachen. Wir befinden uns mitten in einem Stadtzentrum, die Luft riecht salzig und ist angenehm warm. Wir blinzeln in die Sonne, holen tief Luft, nehmen unsere Rucksäcke und verlassen unser unheilvolles Schiff. „Wo sind wir?" fragt Nadine und schaut sich neugierig um. Sicherheitshalber gehen wir ein paar Schritte, behalten den Sprinter jedoch im Auge. Die Passanten beachten uns nicht. Ich entdecke ein paar Meter weiter eine Bar. „Bleib hier. Ich geh kurz pinkeln und besorg uns was zu essen. Wie war das, Cappuccino und Brioche?" Ein Strahlen erhellt Nadines Gesicht. Sie nickt eifrig. Endlich ein Klo und frisches Wasser, ich wasche mir genüsslich das Gesicht mit Wasser und Seife. Ich glaube, ich habe noch nie so sehr gestunken, ich widere mich selbst an. An der Bar ergattere ich zwei Cappuccino im Pappbecher und Schokocroissants. Sie duften so gut. Ganz nebenbei frage ich nach, in welcher Stadt wir sind. Zwar schaut mich die junge Frau etwas verdutzt an, doch dann erklärt sie mir, dass wir uns in Mira bei Venedig befinden. Cool, wir sind am Meer... Stolz wie ein Spanier verlasse ich die Bar, Nadine sitzt auf einem Haustreppchen und nimmt ihr Frühstück entgegen. „Wir sind in Mira, am Meer, meine Liebe...", verrate ich ihr. „Wow... da hat sich unser Ausflug ja doch noch gelohnt…" „Ist unser Taxifahrer inzwischen wieder zurück?" Sie schüttelt den Kopf und deutet auf den Sprinter. „Nöö… Er steht immer noch da, unberührt… Keine Ahnung…" „Versuch mal, dein Handy anzuschalten." Sie nimmt es heraus, tatsächlich hat sich die Batterie ein wenig aufgeladen. „Deine Mutter hat mich zweimal angerufen…", sagt sie überrascht, „Aber sie weiß doch gar nicht, dass wir zusammen sind." „Hat sie was geschrieben?" frage ich. „Nee, nur zwei Anrufe. Warte, ich schreibe David. Er soll uns abholen." In diesem Moment beobachte ich, wie sich zwei Personen dem Wagen nähern. „Scheiße", flüstere ich, „Das ist doch Matt! Los steh auf, er darf uns nicht sehen!" Wir lassen alles liegen und stehen und rennen um die nächste Ecke. Er hat uns nicht entdeckt. Wir beobachten, wie er mit dem anderen Mann vor dem Wagen steht und spricht. Anfangs scheinen sie ruhig zu sein, doch dann gestikulieren sie heftig. Sie streiten lautstark, wir können jedoch nicht verstehen, was sie sagen. Dann machen sie kehrt und verschwinden in einem der Häusereingänge. Vorsichtig wagen wir uns aus unserem Versteck, sammeln unsere Sachen wieder ein und nähern uns langsam der Haustür. Die Fensterläden sind zu, wir können nichts sehen. Zu hören ist auch nichts. Zehn Minuten vergehen, dann hören wir Schritte. Wie von der Tarantel gestochen rennen wir weg. Matt und der Typ tragen mehrere Kartons Richtung Auto. Das Szenario wiederholt sich mehrere Male, jedes Mal verlassen sie das Haus mit zugeklebten Bananenkartons. Ich sehe Nadine fragend an, sie antwortet mit einem Schulterzucken und macht so unauffällig wie nur irgend möglich ein paar Fotos mit ihrem Handy. Die Kartons scheinen schwer zu sein, beide schwitzen und haben rote Köpfe vor Anstrengung. Ich fordere sie lautlos auf, endlich ihrem blöden Bruder und meinem Exfreund eine Nachricht zu schicken, bevor ihr Akku wieder den Geist aufgibt. Mein Handy ist längst tot, ihr Telefon ist unsere einzige Rettung. Sie schreibt, na endlich, wurde auch Zeit. Zwanzig Minuten später ist der Sprinter bis unters Dach mit Bananenkisten zugestellt. Für uns ist da kein Platz mehr. Als letztes beobachten wir, wie der Mann Matt eine blitzende CD-Hülle übergibt, ihm die Hand schüttelt und wieder in der Wohnung verschwindet. In diesem Moment fällt es uns wie Schuppen von den Augen: In den Kartons befinden sich tausende und abertausende von Raubkopien. Matt steigt in den Sprinter, startet ihn und verschwindet um die nächste Ecke.

Simone

Auf dem Parkplatz standen gestern Nacht drei Sprinter, heute Morgen sind es nur noch zwei. Wir halten an, gehen um die Wagen herum. Plötzlich beugt Chris sich herunter und hebt etwas vom Boden auf. Zwischen den Fingern hält er ein silbernes Armbändchen. Noras Armbändchen. Ich nehme es entgegen, schlucke den Klos in meinem Hals herunter. „Sie war also hier." stelle ich traurig fest. Er nickt. „Ich schätze, wir haben sie nur knapp verpasst. Scheiße..." Ich stecke das Armbändchen in meinen Geldbeutel, es soll schließlich nicht wieder verloren gehen. Es ist bereits halb elf vormittags, die Polizei haben wir verständigt, sie haben unsere und Noras Personalien aufgenommen, uns aber wenig Hoffnung gemacht. Von den Roadies und der Gruppe keine Spur. Wir stehen auf dem

Parkplatz herum, wissen nichts mit uns anzufangen. Diese Ohnmacht ist die Hölle. Dann endlich parkt ein Auto auf dem Platz und fünf junge Leute steigen aus. Unter ihnen kann ich Patrick Seeler erkennen, der mir gestern Abend jedoch auch nicht weiterhelfen konnte. Wir entfernen uns, steigen ins Auto, als sie sich den Sprintern nähern. Einer von ihnen, Tom, telefoniert und scheint ziemlich aufgebracht. Ich lasse das Fenster herunter, um vielleicht ein paar Worte von dem Telefonat verstehen zu können. „Where the hell are you?! You should already have been here some hours ago... The dealer doesn't like waiting, you know! Get here, move your ass, motherfucker!" Du meine Güte, das sind ja freundliche Gemüter. Er schmeißt das Telefon in den Rollsplit, Geld für ein neues scheint das Bürschchen ja genügend zu haben. Unglaublich, diese Jugend von heute… und der Typ hat meine Tochter verführt. Naja, was reg ich mich eigentlich noch auf. Chris steigt aus dem Auto, ich will ihn aufhalten, doch da ist er auch schon bei der Gruppe. Er gibt ihnen die Hand und spricht mit ihnen. Ich bleibe vorsichtshalber im Auto sitzen. Sie lachen, dann werden die Gesichter wieder ernst. Mit enttäuschter Miene kommt er zum Auto zurück. „Grüße von den Die Young Schatz… Aber sie haben keinen blassen Schimmer, wo Nora sein könnte. Sie wurde rausgeschmissen, weil sie eine Freundin angeschleppt hat und sie mit hinter die Bühne nehmen wollte…" „Nadine…" unterbreche ich ihn, „Deshalb haben auch beide keinen Empfang. Sie sind zusammen!" Ich schlage mit der flachen Hand gegen die Stirn. „Wir müssen ihre Eltern anrufen! Sicher sind sie auch außer sich vor Sorge!" Ich will schon die Nummer wählen, da klingelt mein Telefon. „David!?" „Hallo Frau Amor… Ich habe eine Nachricht von Nadine bekommen. Sie war ziemlich seltsam, anscheinend sind die beiden in Mira bei Venedig gelandet. Wie und wieso weiß ich nicht… Aber sie hat was von Raubkopien und den Die Young geschrieben, ich weiß auch nicht, was ich damit anfangen soll…" „David, wo bist du jetzt?" „Ich bin noch in Verona bei einem Kollegen, jetzt wollte ich eigentlich nach Wien zurückfahren, aber dann kam diese komische SMS dazwischen, und da dachte ich, ich warte noch einen Moment ab…" „Ok David, hör zu, wir sind in Mailand um Nora zu suchen." „Ich nehme das Auto von meinem Kollegen und fahre nach Mira. Bleiben Sie in Mailand, wenn die beiden schon wieder auf dem Rückweg sind, können Sie sie dort in Empfang nehmen."

„In Ordnung, David... Ich danke dir. Und eins noch: sag endlich du zu mir." Ich höre sein Lächeln am Telefon. Mit den Worten „Mach ich. Bis später. Ruf mich an, wenn es Neuigkeiten gibt." verabschiedet er sich. Ein Hoffnungsschimmer.

Nora

Wir sitzen im weichen Sand, kleine Wellen brechen sich. Die Vormittagssonne ist warm und wohltuend. Ich lege meinen Kopf in ihren Schoß, sie lächelt mich an. Wir sind frei, haben nichts. Wie zwei glückliche Penner. Wo wir die nächste Nacht und den nächsten Tag verbringen werden, wissen wir beide nicht. Davids Antwort konnten wir nicht abwarten, das Handy hat endgültig seinen Geist aufgegeben. Ein Königreich für eine Steckdose. Nadine macht mich auf eine kleine Strandbar und ihren knurrenden Magen aufmerksam. „Vielleicht kriegen wir zu der Piadina ja auch ein bisschen Strom als Nachtisch, was meinst du?" Wir stehen auf, klopfen den Sand von unseren Klamotten und nähern uns den Plastikstühlen. Ich lasse mich auf einen der Stühle fallen, ich bin todmüde. Was gäbe ich für mein eigenes Bett... „Ciao ragazze", begrüßt uns der Kellner fröhlich und fragt nach unseren Wünschen. Wir bestellen Cola und zwei Piadina und bitten um eine Steckdose für unsere Ladegeräte. Er grinst und bittet uns hinter den Tresen. Die Handys werden gefüttert und unsere leeren Mägen auch. Kaum stellen wir die Telefone wieder an, beginnt der Anrufe- und Nachrichtensturm. Mama hat sieben Nachrichten und drei Anrufe hinterlassen, David schreibt, er sei auf dem Weg nach Mira und werde am frühen Nachmittag dort sein. Mamas Worte klingen verzweifelt, doch sie scheint nicht böse zu sein. Sie schreibt, ich solle sie umgehend anrufen, sie seien in Mailand. Ich nehme all meinen Mut zusammen und wähle ihre Nummer. Drei Mal lasse ich es klingeln, dann verlässt meine Courage mich wieder und ich lege auf. „Was ist?" fragt Nadine. „Sie geht nicht dran. Ich will auch gar nicht mit ihr reden. Warten wir auf David?" Sie nickt, „Ich habe ihm schon geantwortet. Er weiß, wo er uns findet."

Das Essen ist köstlich. Wir bestellen noch zwei Stück Pizza und lassen es uns in der Strandbar gut gehen. „Scheiße, hast du meinen Geldbeutel gesehen?!" Panik überkommt mich. Ich suche alles ab, schütte meinen Rucksack aus, nichts. „Hast du ihn in der Bar vergessen?" fragt Nadine. „Nein, da hab ich mit meinem restlichen Kleingeld gezahlt, dass ich in der Hosentasche hatte... Fuck, fuck, fuck... Ich hab ihn sicher im Sprinter verloren... Scheiße..." „Ich hab auch kein Geld mehr... Ok, bleib ruhig, Nora. Wir schlagen uns noch eine Weile die Bäuche voll, dann werden wir den Kellner ablenken und dann hauen wir ab." Ich starre sie an. „Der ruft die Bullen und dann sind wir dran!" entgegne ich. „Nein, wir müssen nur schnell sein. Vielleicht muss er ja irgendwann auch einfach mal auf die Toilette, dann verschwinden wir." Ich atme tief durch. Wir beobachten ihn, doch er scheint absolut kein Bedürfnis zu empfinden, das Häuschen aufzusuchen. Er singt und pfeift und hat uns die ganze Zeit im Auge. Wir überlegen uns bereits, welche von uns versuchen wird, ihn zu verführen, da taucht völlig unvermittelt Matt in der Bar auf. „Was sucht der denn noch hier?!" flüstere ich der erschrockenen Nadine zu. In seiner Hand hält er mein Portemonnaie. Mir wird Angst und Bange, als er mit ganz entspanntem Blick auf unseren Tisch zuschlendert. „Hi Nora... Lost your money?" Ich will es ihm schon abnehmen, doch er zieht in mir vor der

Nase weg. Verdammt. „Was zur Hölle hattet ihr in dem Sprinter verloren?" „Nichts... Wir haben nur drin geschlafen...", sagt Nadine schnippisch. „Ok. Und was habt ihr alles beobachtet?" Sein Blick verengt sich, Angst und Wut sprechen aus ihm. „Oh gar nichts, wir sind ausgestiegen und waren den ganzen Tag am Meer... Fährst du jetzt wieder nach Mailand? Können wir mitfahren?" versuche ich es mit einem Bluff. Nadines Handy vibriert. Sie nimmt ab, spricht leise und schnell. „Strandbar Il gecco." Matt dreht sich zu ihr, vermutet den Verrat. Plötzlich steht er auf, ich befürchte schon, dass er handgreiflich werden könnte, doch der Feigling will einfach nur flüchten. Nadine ist aufgesprungen, hechtet ihm nach. Ich schlittere ihr auf dem sandigen Boden hinterher, der Kellner ist aufmerksam geworden und hält mich tatsächlich am Kragen fest. Ich schreie ihn an, dass der andere mein Geld habe und ich ihn ja bezahlen will, er solle mich nur loslassen. Leider ist er nicht so einfach von meinem Argument zu überzeugen und hält mich weiter fest, während Nadine Matt hinterher rennt. Tatsächlich bekommt sie ihn zu fassen, doch er ist natürlich größer und stärker als sie und kann sie abschütteln. Sie bleibt keuchend im Sand liegen und heult. Ich habe sie noch nie weinen sehen. Endlich lässt der Kellner mich los und wir helfen ihr auf. Wir wollen gerade die Polizei anrufen, da kann ich David auf der anderen Straßenseite erkennen. „David!!" kreische ich, „Der Typ mit den roten Haaren!! Halt ihn auf!!" Zu dritt rennen wir zu ihm, da hat er sich auch schon umgedreht und setzt Matt nach. Von hinten stellt er ihm ein Bein, Matt fliegt der Länge nach hin, ächzt unter

Davids Gewicht und lässt sich meinen Geldbeutel abnehmen. Der Kellner steht neben uns und ist sichtlich beeindruckt. Ich fische die letzten zwanzig Euro aus dem Banknotenfach und strecke sie dem Kellner entgegen. Er wedelt mit den Händen, grinst über alle vier Backen, murmelt was von „ragazzi onesti", gibt mir ein Küsschen auf die Wange und verlässt uns, ohne sich umzudrehen. Ich schätze mal, er hat uns gerade zum Essen eingeladen, weil wir so ehrlich waren.

David hält Matt am Oberarm, seine Wange ist vom Sturz aufgeschürft und er blickt unwahrscheinlich leidend drein. „Und jetzt?" fragt Nadine. „Was machen wir mit ihm? Er hat ein paar tausend Raubkopien im Sprinter, die muss er vermutlich irgendwo abgeben…" David übernimmt das Kommando. „Nora, ruf deine Eltern an. Sag ihnen, wir sind in ein paar Stunden in Mailand. Versprich ihnen, nie wieder abzuhauen. Das bist du ihnen schuldig. Ihr zwei fahrt mit mir mit, und du Matt, fährst uns brav mit dem Sprinter voraus. Bis zur Konzerthalle. Dort regeln wir dann alles Weitere." Er nickt beschämt, ich entferne mich einige Meter und versuche es erneut bei Mama. „Nora?" Oh Gott wie schön, ihre Stimme zu hören. „Mama…" Ich beginne zu schluchzen. Sie ebenfalls. „Ich geb dir Papa… Sorry Schatz… Aber ich kann nicht mehr." Ich höre, wie sie weint, dann spreche ich mit Papa. Er klingt total k/o. Ich erzähle ihm, was in den letzten Tagen und Stunden passiert ist, er hört mir aufmerksam zu. Ich verspreche ihm, es nie wieder zu tun. Dieses Abenteuer war mir eine Lehre. Er antwortet mir mit ruhiger, sanfter Stimme, rastet nicht aus. „Papa, in ein paar Stunden sind wir da. Du musst die Polizei anrufen, oder besser noch die Finanzwache. Die haben Raubkopien gemacht, aber nicht nur ein paar, sondern mehrere tausend. Matt kommt nachher vor uns mit dem Lieferwagen an. Es wäre gut, wenn die Finanzer dann schon vor Ort wären, damit er nicht wieder abhauen kann. Ich weiß nicht, wer hier mit wem wie unter welcher Decke steckt, aber ich könnte mir vorstellen, dass die Band damit eine Menge Steuern sparen wollte. Ich..." Ich höre sein leises Lachen. „Ist gut, du kleiner Sherlock Holmes. Die Finanzwache wird alarmiert und ihr fahrt bitte vorsichtig. In ein paar Stunden sehen wir uns vor der Konzerthalle. Wie geht's Nadine? Ist sie ok?" Ich lächle sie an. „Ja", erwidere ich, „Ihr geht's gut. Sie ist die beste Freundin, die man sich wünschen kann. Bis gleich,

Papa. Ich hab euch lieb, sag es Mama bitte. Und dass es mir unendlich leid tut."

Wir stecken Matt in seinen vollbeladenen Sprinter, er ist zu Tode betrübt und tut mir fast ein wenig leid. Wer weiß, ob und wie er bestraft wird. Wahrscheinlich war er nur der Transporteur, ich hoffe, er kommt mit einer Geldstrafe davon. Von Zeit zu Zeit war er ja doch ganz nett zu mir. Ich setze mich auf die Rückbank von Davids Wagen, Nadine sitzt vorne bei ihrem Bruder. Kaum sind wir auf der Autobahn, bin ich auch schon eingeschlafen.

Simone

Wir setzen uns ins Auto. Ich schließe die Augen, nehme Chris' Hand. Er drückt sie sanft. „Wann kommen sie an?" frage ich leise. „In zwei Stunden sind sie da. Dieser Matt hat einen Haufen Raubkopien von den Die Young-Cds im Kofferraum, die wird er hierher bringen. Ich habe schon die Finanzer angerufen, sie nehmen ihn hier in Empfang, wir müssen ihnen nur Bescheid geben, wann sie ankommen. Und wir müssen aufpassen, dass die Gruppe sich nicht vorher aus dem Staub macht." antwortet Chris. „Sie können sich nicht aus dem Staub machen, sie haben heute Abend ein Konzert. Es wird schon schiefgehen." entgegne ich, „Und was machen wir mit Nora? Wir können ihr das nicht einfach so durchgehen lassen. Dieses Mal nicht." „Wir lassen es ihr auch nicht durchgehen. Aber ehrlich gesagt, weiß ich auch nicht, welche erzieherischen Maßnahmen bei einem Ausreißer angebracht sind. Im Moment will ich auch nicht darüber nachdenken, ich will einfach nur, dass sie heil hier ankommt. Und ich will nach Hause." „Was machen wir, bleiben wir zwei Stunden im Auto sitzen und warten? Oder gehen wir ein bisschen spazieren? Sonst können wir auch ins Hotel zurück, eine Nacht müssen wir sowieso noch dort bleiben." Er startet den Wagen. „Fahren wir ins Hotel und ruhen uns ein bisschen aus, ok? Das wird sicher eine lange Nacht mit den beiden."

Das Nickerchen hat gut getan. Es ist kurz vor sieben, als Nora wieder anruft. Sie klingt verschlafen. „Mama", sagt sie und gähnt ins Telefon, „Wir sind in einer halben Stunde da. Kommt ihr zur Konzerthalle?" „Ja Schatz… wir sehen uns gleich dort. Wie war die Fahrt?" „Keine Ahnung, ich hab die ganze Zeit geschlafen. Habt ihr die Polizei verständigt?" „Ja, haben wir, keine Angst... Wie sieht's denn jetzt mit dir und David aus? Habt ihr euch wieder versöhnt?" „Mama... Ich kann nicht reden... Er sitzt vor mir..." „Ach stimmt... Entschuldige... Naja, jetzt kommt erstmal her, bis gleich." „Tschüß Mama..." Wir legen auf.

Seit einer Dreiviertelstunde stehen wir vor der Konzerthalle, doch weder der dritte Sprinter noch die drei sind aufgetaucht. Die Polizei steht auf Abruf bereit, doch solange sie nicht da sind, können sie auch nicht eingreifen. Das Telefon schweigt, keine Anrufe von Nora, Nadine oder David. Eine weitere halbe Stunde vergeht, doch nichts rührt sich.

„Mir wird das zu dumm, da ist doch irgendwas passiert. Außerdem hätte die Band hier längst auftauchen sollen, das Konzert fängt doch gleich an. Komm, wir drehen eine Runde um die Halle." schlägt Chris vor. Zu Fuß gehen wir über den zugestellen Parkplatz, immer mehr Zuschauer reisen an. Die Schlange vor der Konzerthalle scheint endlos, tausende von Jugendlichen in mehr oder weniger schwarzer Kleidung warten auf Einlass. Einige von ihnen haben schon ordentlich vorgetankt, ich beobachte ein Grüppchen von Mädchen in Noras Alter, die sich lallend in den Armen liegen. Wenn sie jetzt schon so voll sind, wie soll es dann erst nach dem Konzert hier aussehen? Ich folge Chris, der ziemlich schnellen Schrittes zum Hintereingang läuft, wo normalerweise die Instrumente auf die Bühne gebracht werden. „Hast du irgendwas entdeckt?" rufe ich ihm hinterher. Ich kann kaum Schritt halten. Hektisch dreht er sich um. „Nein", ruft er, „Aber mein Gefühl sagt mir, dass sie längst da sind. Los komm, beeil dich. Wir müssen die Umkleiden finden." Wir rennen hinter die Halle, doch die Türen, auf denen groß und deutlich „Staff" steht, sind allesamt verschlossen. Die Fenster sind aus Milchglas, man erkennt nichts. Ein paar Minuten stehen wir davor herum, dann sieht man dahinter einen Schatten. Sekunden später ist er wieder weg. „Da ist doch jemand!" flüstere ich ihm zu. Plötzlich höre ich Geschrei. „Waren das die ersten Fans?" frage ich unsicher. Chris zuckt mit den Schultern. „Hier kommen wir nicht weiter. Scheiße. Ich ruf jetzt die Polizei, die sollen die Tür aufbrechen. Ich bin mir sicher, dass sie da drin sind." Wieder sind

Stimmen zu hören, dieses Mal sind sie jedoch näher. Jemand flucht auf Englisch. Sicherlich einer von der Band. Noch einmal taucht ein Schatten hinter dem Fenster auf, dieses Mal ist die Person näher und größer. Aus einem Impuls heraus klopfe ich an die Tür. „Spinnst du?!" zischt Chris, der sich in einem toten Winkel versteckt hat, um nicht gesehen zu werden. „Ich hab dir doch gesagt, ich…" Doch es ist bereits zu spät, die Tür geht auf, ein riesiger Typ erscheint. Sicher ein Rausschmeißer. „Was wollen sie hier?" „Ach nix… Ich wollte ein Autogramm für meine Tochter erstehen… Sie kann leider nicht zum Konzert kommen, sie hat die Grippe und liegt daheim im Bett, die Ärmste, wissen Sie…" erzähle ich und sehe dem Mann tief in die Augen. „Dabei hatte sie sich so sehr auf das Konzert gefreut. Ach Gott, sie war so traurig… Die Die Young sind ihre Lieblingsgruppe, besonders Tom gefällt ihr, sie schwärmt Tag und Nacht von ihm. Mein Gott, sie ist ja sowas von verliebt..." Der Riese sieht mich an, ich rücke meinen Ausschnitt ein wenig zurecht, schon liegt sein Blick auf meinen Brüsten. Um den Eindruck noch ein wenig zu verstärken, verschränke ich die Arme unter der Brust. „Aber die Autogrammstunde ist nach dem Konzert... Vorher gibt's keine, sie sind kurz vor ihrem Auftritt, jetzt können sie nicht noch irgendwelche Bildchen unterschreiben." Ich wechsele die Seite, hake mich bei ihm unter, versuche, ihn unauffällig von der Tür wegzuziehen, um Chris freie Bahn zu gewähren. Ich höre, wie sich die Tür leise schließt. Geschafft, er ist drin. Der Riese dreht sich erschrocken um, „Scheiße, die Tür geht nur von innen auf... Jetzt muss ich wieder die ganze Runde drehen und durch das junge Gesocks steigen…" „Ach Gott, das tut mir schrecklich leid. Können wir nicht noch eine kleine Runde gehen?" frage ich ihn und setze ein besonders verspieltes Gesicht auf. Ich muss Zeit schinden. Wieder suche ich den Arm von dem Mann und fange erneut an, zu plappern. Ich hoffe nur, mir geht nicht bald der Gesprächsstoff aus. Tatsächlich lässt er sich noch einmal zu ein paar Schritten weg von der verhängnisvollen Tür bewegen. Sein Interesse gilt dabei ausschließlich dem Rundausschnitt meines T-Shirts. Eine Viertelstunde später, als ich ihm mein halbes Leben erzählt habe, bleibt er plötzlich vor mir stehen und legt mir die Hand auf die Schulter. „Jetzt hör mal auf, soviel zu reden, Süße", fängt er an. „Ich hab schon verstanden, worum es dir geht. Du willst einfach mal wieder richtig rangenommen werden, stimmt's oder hab ich recht? Das kannst du gerne haben, nichts einfacher als das! Komm her!" Mit einem Ruck zieht er mich zu sich, schon klebt seine Pranke auf meinem Busen und sein Mund auf meinem. Ich reiße mich los. „Hey, was soll das, ich bin doch keine Nutte!" schreie ich ihn an. Einen Moment lang ist er verblüfft, dann kommt er wieder auf mich zu, nimmt mich am Arm und zerrt mich zurück Richtung Halle und zu der Tür, hinter der Chris vor etwa zehn Minuten verschwunden ist. „Komm mit rein, ich werd' dir schon zeigen, was du brauchst! Wahrscheinlich hat dein Alter dich seit Jahren nicht mehr angefasst!" Ich versuche, mich zu befreien, denke ‚Wenn du wüsstest!' und werde ziemlich brutal gegen die Tür gestoßen. Fluchtmöglichkeiten? Ich schaue mich um, keine Chance, der Typ ist zu groß und zu entschlossen. Ich verfluche meinen Mut und mein Gequatsche und halte die Luft an, als er sich wieder an meinen Brüsten zu schaffen macht. „Das gefällt dir, hä? Gleich gibt's noch mehr, Baby…" Du meine Güte, muss ich jetzt dieselbe Methode wie bei Jean anwenden? Bei ihm habe ich damals einen Fitbox-Tritt angewandt, der ihm die Familienplanung zerstört hat. Seinen Kumpel hingegen habe ich bluten lassen. Ich bin ein wenig unentschlossen, denn eine Unterbrechung dieses Tête à tête mit meinem Möchtegernvergewaltiger würde auch weniger Zeit für Chris bedeuten. Ich beiße also die Zähne zusammen und lasse mich begrapschen.

Nora

Es ging alles so verdammt schnell. Bis kurz vor der Konzerthalle lief alles wie geplant. Dann steckten wir einen Moment lang im Stau zwischen den ganzen ankommenden Fans, und plötzlich waren Matt und der Sprinter wie vom Erdboden verschluckt. Wir saßen in unserem Auto fest, kamen weder vor noch zurück, David fluchte wie ein Folterknecht und hupte die lachenden Leute aus dem Weg. Nadine und ich sprangen daraufhin kurzentschlossen aus dem Wagen, um die Verfolgung zu Fuß aufzunehmen. Wir rannten direkt zum Hintereingang, wo wir Matt mit seinem Auto vermuteten. Tatsächlich konnten wir den Sprinter finden, doch als wir keuchend ankamen, war das Material schon nicht mehr im Wagen und Matt nirgends zu entdecken. Dann wurde eine der Türen aufgerissen und der Rausschmeißer erschien, der uns schon beim ersten Konzert verscheuchen wollte. Dieses Mal war er jedoch nicht so guter Laune. „Ah, unsere zwei Minilesben. Na, wollt ihr euch wieder ein bisschen aufwärmen? Bitte, ihr seid herzlich willkommen!" sagte er, packte uns schmerzhaft beim Arm und zog uns in die Umkleidekabine. Dort wurden uns die Hände auf den Rücken gebunden und wir mussten uns auf die Bananenkisten mit den Raubkopien setzen, die sie vom Sprinter in Windeseile hierher gebracht hatten. Eine Weile lang waren wir allein, dann tauchte auf einmal Tom auf. „Ich hätte es wissen sollen, dass du nur Trouble machst... You're a damn bitch, Nora Dark! Und, hast du schon die Polizei gerufen? Oder hat das dein Papi für dich übernommen?" Er ging vor uns auf und ab, seine grauen Augen hatten riesige Pupillen, ich schätze mal, er hatte irgendwas intus. Ich wollte etwas erwidern, doch Nadine machte leise ‚Psst!'. Ich zischte sie an, was das sollte, ich würde mich doch wohl noch verteidigen dürfen. „Nora, halt die Klappe." flüsterte sie, „Da draußen passiert irgendwas. Da ist jemand!" Tom wies den Bodyguard an, einen Blick vor die Tür zu werfen, daraufhin hörte ich Mamas Stimme, die wie wild drauflos plapperte. Ich tat so als wäre nichts, doch mein Herz klopfte bis zum Hals. Von diesem Moment an war der Typ verschwunden, Tom spuckte vor uns aus und rief nach einem der Roadies, der auf uns aufpassen sollte. Kaum war er einen Moment weg, stand plötzlich Papa vor uns. Ich wollte aufspringen, doch durch die gefesselten Hände verlor ich das Gleichgewicht und landete wie ein nasser

Sack vor seinen Füßen. Er setzte mich wieder auf die Kiste, befahl uns, still zu sein, er würde jetzt die Polizei rufen. Leider kam uns der Roadie dazwischen, der uns an der Flucht hindern sollte. Papa hatte sich hinter der Tür versteckt, als er reinkam und konnte ihn tatsächlich von hinten angreifen und niederstrecken. Ich habe Papa nie so in Aktion gesehen. Einfach der Wahnsinn. Er hat ihn mit einem herumliegenden Gürtel gefesselt, dann blieb er einfach auf ihm sitzen und rief die Bullen. Inzwischen schafften Nadine und ich es, unsere Hände von den Kabelbindern zu befreien. Keine fünf Minuten später waren fünf Herren von der Finanzwache da und beschlagnahmten die Raubkopien. Der Roadie durfte wieder gehen, er hatte ja an sich nichts gemacht. „Um ihn und seine Freunde kümmern wir uns gleich, sobald sie wieder in die

Umkleide kommen. Ich denke, dieses Konzert wird zunächst das letzte sein." sagte der Kommissar.

Simone

Ich kann ihn nicht mehr lange hinhalten. Wieso bringe ich mich immer in solche Situationen? Ich knutsche mit diesem Widerling, ein paar Minuten noch und er reißt mir die Klamotten vom Leib. Wo bleibt Chris bloß? „Hey Süße, nun hab dich nicht so... Ich bin auch ganz vorsichtig..." Ja klar, kann ich mir vorstellen. „Nun mach doch mal ein bisschen langsam... Ich will es doch schließlich ein bisschen genießen... Wie heißt du eigentlich?" frage ich zwischen seinen sabbernden Küssen. „Carlo... Und du, Herzchen?" „Nenn mich doch einfach Stella..." „Stella... Was für ein hübscher Name..." Jaja, denke ich mir, denn du wirst in ein paar Minuten auch einen Haufen Stelle sehen... Kaum habe ich den Gedanken beendet, höre ich aus ein paar Metern Entfernung eine jugendliche, sehr vertraute

Stimme. „Simone? Was machst du da?" Oh Gott wie peinlich, das ist David, wie soll ich ihm das jetzt erklären? Doch David erkennt die Situation, spielt mit. „Hey, sie ist meine Freundin, lass sie sofort los!" „Was?!" brüllt der Riese lachend, „Das soll deine Freundin sein? Wohl eher deine Mutter!" Er lässt von mir ab, geht auf David zu und will ihn am Kragen packen, als dieser ein kleines, blitzendes Klappmesser zückt. Ich erschrecke, der Riese hingegen hebt seine Pranke, will David das Messer aus der Hand schlagen. David duckt sich unter ihm hinweg, nimmt ein wenig Abstand. Ich hätte nicht gedacht, dass er in solchen Situationen so schnell und geschickt reagiert. Und vor allem wusste ich nicht, dass er ein Klappmesser bei sich trägt. Darauf werde ich ihn nachher noch mal ansprechen. Immerhin scheint der Riese zur

Einsicht zu kommen, dass ich den ganzen Aufwand nicht wert bin. Beschwichtigend hebt er die Hände. „Sie ist sowieso nicht mein Typ!" brummt er und zieht Leine.

Ich umarme David. „Danke... Das war knapp..." „Mein Gott, was passiert hier eigentlich? Wo sind die anderen?" fragt er aufgebracht. Zu einer Erklärung komme ich nicht mehr, in diesem Moment rennt eine Horde Polizisten an uns vorbei und hält direkt auf die verschlossene Tür zu, aus der vorher der Rausschmeißer kam. Sie öffnen die Sicherheitstür mit einem Dietrich, dann gehen sie hinein. Wir stürzen ihnen hinterher. In der kleinen Umkleide herrscht großer Andrang. Die Polizisten und Finanzer stehen um einige Kartons herum, in denen sich tatsächlich tausende von Cds befinden. Auf einer der Kisten sitzen Nora und Nadine. Sie sind blass. Ich stürze vor Nora auf die Knie und nehme sie in den Arm. Sie weint wie ein Baby. Nadine zittert, ich tätschele ihren Arm, versuche, sie zu beruhigen. Chris steht bei einem Polizisten und berichtet ihm, was in den letzten paar Minuten vorgefallen ist. Er sieht mich aus den Augenwinkeln an, lächelt sanft, seine braunen Augen sind dunkel. Ich versuche, Nora und Nadine ein paar Worte zu entlocken, doch sie sind so eingeschüchtert, dass nur noch mehr Tränen kommen. Ich lasse es gut sein, setze mich zwischen sie und streichle zwei zitternde Rücken.

Nachdem wir alle unsere Aussagen gemacht haben, dürfen wir die Umkleide verlassen. Wir sind müde, doch immerhin wieder vereint. Nadine und Nora halten sich an den Händen, David beäugt das Duo skeptisch. Ich flüstere ihm zu: „Lass ihr ein bisschen Zeit. Ich glaube, sie hat viel zu verdauen.

Aber ich bin mir sicher, dass das wieder wird." Er nickt stumm. Hinter uns werden Stimmen laut. Wir drehen uns um und sehen aus der Ferne, wie die Polizisten die gesamte Band abführen. Tom trägt Handschellen. Nora bleibt stehen. „Entschuldigt bitte, wartet einen Moment. David, komm bitte mit." Sie nimmt ihn bei der Hand, er schaut mich verdutzt an. Dann zieht sie ihn zu den Polizeiwägen, wo die Band gerade hinein verfrachtet wird. Sie spricht kurz mit einem Polizisten, dann steigt Tom aus dem Auto aus. Unschlüssig stehen sie voreinander, David daneben. Ein paar Sekunden vergehen, dann sehe ich, wie Nora ausholt, Tom eine Ohrfeige verpasst und ihm tatsächlich ins Gesicht brüllt: „Die young, damn bastard!!"

~

Nora

Ich sitze in einem Wiener Kaffeehaus, es ist viertel vor elf am Vormittag. Ein grauer, verregneter Novembertag. Gleich wird David mich abholen. Ich schlürfe an meinem Tee, werfe noch einen Blick auf mein Telefon, Mama hat mir geschrieben. Sie war so traurig bei unserem Abschied. Dabei komme ich doch schon in zwei Wochen wieder nach Hause, um sie zu besuchen. „Schau mal in deine Handtasche, vorderstes Fach!" schreibt sie. Neugierig mache ich den Reißverschluss auf, zum Vorschein kommt ein braunes, wattiertes Kuvert. Ich öffne es hektisch. Ich ziehe ein Briefchen und ein Schmuckkästchen heraus. Ich halte die Neugier mal wieder nicht aus, öffne das Schmuckkästchen und finde darin mein Armbändchen, dass ich seit Monaten nicht mehr finden konnte. Ich bekomme feuchte

Augen und versuche umständlich, es anzuziehen. Dann falte ich den Brief auf und lese Mamas handgeschriebene Zeilen.

„Meine Kleine, ich weiß nicht, ob du dich an dieses Armbändchen überhaupt erinnern kannst, ich trage es seit etwa einem halben Jahr in meinem Geldbeutel mit mir herum und habe seither nie den richtigen Moment gefunden, es dir wiederzugeben. Du hast es bei deinem abenteuerlichen Ausbruch auf dem riesigen Parkplatz vor der Mailänder Konzerthalle verloren. Als dein Papa und ich dich dort gesucht haben, hat er es gefunden und mir gegeben. Gut, dass diese Zeiten vorbei sind. Gut, dass wir Frieden geschlossen haben und du deinen Weg gefunden hast. Ich hoffe, du findest dich in Wien gut zurecht. Ich hoffe außerdem, dass du dich weiterhin mit David so gut verstehst und ihr eine glückliche, kleine Familie

werdet. Papa ist übrigens wirklich stolz auf dich, dass du nun dazu bereit bist, mit dem werdenden Vater zusammenzuleben. Auch wenn du unsere Hilfe nicht in Anspruch nehmen möchtest, bieten wir sie dir weiterhin an. Kurzum, lass es uns wissen, wenn du etwas brauchst. Wir haben dich lieb. Alles Gute,

Mama."

Ich bin gerührt. Ich habe Gänsehaut, fast weine ich ein bisschen. Glücklich streichle ich meinen runden Bauch, in dem sich der kleine Junge bewegt.

Er soll Thomas heißen.